JN124295

異世界召喚されました……断る！

ISEKAI SYOUKAN SAREMASHITA ……×KOTOWARU!×

2

Author

K1-M

Illustration

ふらすこ

Main Characters
登場人物紹介
カーク
14歳の少年冒険者。
同年代が集まった
パーティーの
リーダーを務める。
剣士を志す。
子狼
希少種である
スノウホワイトウルフ。
「神狼の使い」とも
言われる。
とにかく可愛い。
トーイチ（村瀬刀一）
本編の主人公。
日本から召喚された際に、
18歳へ若返った元おっさん。
様々なチートスキルを持つ。

マサシ・コバヤシ
冒険者ギルドのマスター。
転移前は日本人で、
トーイチの友人の弟だった。
トーイチには
頭が上がらない。
ソウシ・ベルウッド
ベルウッド商会のトップ。
転移前は日本人で、
トーイチの先輩だった。
見かけは若いが、
九十歳を超えている。
ドゥバル
ドワーフ族の鍛冶職人。
職人気質で、
物作りへの
こだわりが強い。
お酒が大好き。

皇都を出てから数日、俺――村瀬刀一は、ベルセに帰還し、一緒だった冒険者、商人達と別れる。

「今度一緒に依頼受けようなぁ」

「今度は護衛依頼出します」

俺はソロだから、とずっと断っていたのだが、別れ際にまた言われたので、苦笑いで返しておく。

街に到着したのが夕方だったので、まず宿へ行きチェックインを済ませた。

一汗流してから宿を出て、夕食を済ませ、歓楽街を練り歩く。

心の中で『私は帰ってきたぁーっ！』とネタを叫んだ。あの作品は至高だな。


翌日、予想通り賢者モード発動。ひたすらゴロゴロする。

夕食時に食堂で、俺を慕う少年冒険者のカーク達と話をして、部屋に戻る。

……そういえばカークに、ダンジョンに行くとは言ったが、皇都に行くとは伝えてなかった。

余計なことを話して心配させるところだった、危なかった。

ここで賢者モード解除。

「……すぅ……ふぅ～……」

俺は宿の屋根の上に『転移』して、座り込んでタバコを一服。

明日はどうするか……集めた魔物の素材があるから、売るためにベルウッド商会に顔を出すか。

他は……特にないか。なら、図書館でも行くかな？

「……ふぅ〜。さてとっ……寝るか」

携帯灰皿で火を消し立ち上がる。パンパンッと尻をはたき、『転移』で部屋へ戻る。

ベッドに寝転がり、ぼーっとしてるうちに、俺は意識を手放した。


翌朝、食堂で朝食を取る。カーク達はもう冒険に出たようだ。

朝食を済ませ一服した後、ベルウッド商会へ向かった。

商会に着いて、買取カウンターで素材を売る。

査定（さてい）後、金を受け取り、店員に商会長のリサさんがいるか尋ねた。

奥へ確認に向かった店員を待っていると、現れた人数は予想より多かった。

何で母親のクラウさんも一緒にいるんですかねぇ。

「トーイチさん、おはようございます。久しぶりですね」

「リサさん、おはよう。ご無沙汰（ぶさた）してます」

「初めまして、クラウだ。よろしく、トーイチ君」

「トーイチです、初めまして」

……クラウさんは、俺と会ったことを内緒にしてくれているようだ。約束を守ってくれたか。俺が『転移』を使えることが公になるのは避けたいからな。ちょっとお高めのウイスキーを渡しておいて良かった。

「トーイチさん、お茶をご用意してます。応接室へどうぞ」

三人で応接室へ向かう。応接室のソファーに座り、お茶を一口。

「ふぅ」

なかなかうまい。

お茶請け、なんか良いのあったかな？　と腰の袋（実は『アイテムボックスＥＸ』）に手を突っ込む。

皇都で買ったスポンジケーキはあったが、『転移』の件がばれるから、コレは出せないな。

他に何かないかと探すが、焼き串とかしかなかった。

「お茶請け、どうぞ」

リサさんに出されてしまった。

「すみません、リサさん。いただいてばかりで……リサさん？」

「……敬語」

「……は？」

「……敬語はなしでって、言いましたよね？」

「え、あ、はい。……んんっ、敬語はなしだな、分かった」

「はい」

「……ふふ」

リサさんと話していると、急にクラウさんが笑った。

「お母さん？」

首を傾げて尋ねるリサさん。

「いや、すまん。トーイチ君、私にも敬語は不要だ」

「はぁ……。ああ、分かった」

それから、俺と同じく日本からの転移者らしいリサさんの祖父について、話を聞いた。

「祖父が旅から戻るのに、後一週間くらい、といったところでしょうね」

「分かった。着いたら連絡くれるんだろ？　待つことにするよ」

「すみません、よろしくお願いします」

そう言って帰ろうとすると、クラウさんに引き留められた。

「君、ウチの店でバーベキューコンロを買ったらしいじゃないか」

「買ったけど、それが？」

「昼時も近いしどうだろう、店の裏庭で一焼きしていかないか？」

「ちょっとお母さんっ？」

笑顔のクラウさんに対し、目を丸くするリサさん。

クラウさんは以前、俺の提供したビッグボアの肉を食べているから、肉目当てか？　だが……。

「分かった……焼きましょうっ！」

こうして、突如としてバーベキューが始まった。

俺はコンロなどの機材と肉を用意し、残りの食材は商会で用意してくれた。

店員さんが代わる代わる食いに来るので、バーベキューは昼から夕方まで続いた。

一番活躍したのは、日本産の某焼肉のタレ。皆から大人気だった。ありがとう。

後でリサさんに一瓶、クラウさんに三瓶売った。……だって売ってくれって言うから。その時の目が怖かった。

バーベキューが終わり、商会を出て宿に戻る。

受付で今日の夕食について聞かれたが、「今日はもう休みます」と答え、部屋へ。

部屋から人のいないところへ『転移』し、缶コーヒーを飲みながら一服。

缶コーヒー一本で銀貨一枚（約千円）、タバコ一本で銅貨三枚（約三百円）って高いよな～なんて、どうでもいい事を考えたりする。

「んんんん……一週間か。明日からどうすっかなぁ～」

俺はタバコを消し、体を伸ばした。何も思いつかないな。

仕方なく部屋に戻った俺は、時間は早いがお腹もいっぱいだし……とジャージに着替えた。

……あ、今日は図書館行けなかったな。

早めに休んだせいか、翌朝に目覚めるのも早かった。

食堂は開いてるかな？　と一階に降りて行くと、カークとその仲間達——ルーク、ニーナ、テレスに会った。

「「「「おはようございます！」」」」

皆、今日も元気だなぁ。

「おはよう」

「お兄さん、ダンジョンの話、詳しく聞きたいです」

「ニーナ、先走り過ぎよ」

テレスが言うと、カークも頷いた。

「そうだよ。まずは食堂に行って朝食にしよう」

「はは。じゃ飯食いながらにしようか」

どうやら食堂は開いてるみたいだ。五人で一旦席に着き、バイキングで皿に盛ってくる。

さて、食べようか。

俺は食事の間、隠し部屋とダンジョンマスターの事を除いて、ダンジョンについて話した。

「オーガロード、レベル15ですか……」

カークの言葉に、ニーナとテレスが顔を見合わせる。

「……うーん、まだ早いよね」

「……私達にはまだ無理ですね」

「そうか？　やれそうな気がするけど……」

俺の率直な意見に対して、カークが首を左右に振った。

「いえ、装備も経験も足りてないです」

「よし、今日も依頼がんばろーっ！」

「「「おーっ！」」」

ニーナの掛け声に、残りのメンバーが元気よく反応する。

うんうん、若いって良いなぁ～元気だなぁ～と、俺は目を細めてカーク達を見ていた。

すると、カークから思わぬ一言が。

「あっ、お兄さん。一緒に依頼受けませんか？」

「ふっ！」
『スパァァアンッ‼』と音が鳴りそうな感じで刀を振り切り、俺はゴブリンを上下に分断した。

「トーイチさん、こっち終わりました」

「ああ、こっちも終わった」

俺は今、カーク達と討伐依頼を受けている。まぁ、たまには良いだろう。

今倒したのはゴブリンだが、依頼はスモールボアの討伐だ。

ベルセから少し離れた、小さな村の畑が荒らされているとの事で、畑の警戒中である。

「お兄さんの感知範囲が広いから、今日は楽ねぇ」

「そうですね。さすがお兄さんです」

「お目当てのボアは出てきてないけどね」

「そういう事、言わないの」

以上、ニーナとテレスのやり取りである。

「やっぱりお兄さん、ウチのパーティーに入ってよぉ」

「無理言うな、ニーナ。最初から期間限定って言われてるだろ」

カークがニーナを窘(たしな)めた。

「私もお兄さんに入ってほしいです」

「テレスまで……」

「悪いな。ベルセで人と会う約束があって、それから次に行くトコ決めてるんだ」

そう、一緒に依頼を受けるのは、期間限定の約束なのだ。

そうこうしている間に、スモールボアの討伐は終わった。

「――いやぁ、正直、スモールボアが三匹出てきた時はどうしようかと思いました」

「お兄さんが二匹倒してくれたから助かりました」

「だねえ～」

カーク、テレス、ニーナが口々に言う。

「お前らだけでもイケるだろう？」

「んん～、ギリギリになっちゃいますけどね」

カークは苦笑した。

「そうか？」

「お兄さんの指示があると、一匹相手でも結構楽でしたよ」

「いつもなら、もう少し手こずっちゃうよね」

テレス、ニーナの言葉を聞いて、俺はアドバイスしてやる。

「その辺はカークが経験積めば、かな」

「そうですね、はは……」

実際カーク達四人は、以前より大分強くなっていた。あの時はゴブリンから逃げてたもんなあ。

それから夕方まで、ゴブリン、ホーンラビット、スモールボアを狩っていく。

ん〜数多くね？　と思っていると、ニーナが言った。

「カーク、魔物の数……多くない？」

「……多いと思う」

「だよね」

やっぱり多いらしい。

「強い魔物でもいるんですかね」

「ギルドに報告した方が良いね」

強い魔物？　俺が『マップＥＸ』の感知範囲を広げると、大きいのがいた。

『鑑定』すると、レベル31のワイバーンだった。

竜種の中では弱い方だが飛行能力がある。爪での薙ぎ払い、噛み付き、ブレスで攻撃する。

肉はかなりうまいそうだ。

よし……こっそり狩ろう！

俺は密に村の周りに『結界』を張り、魔物が避けていく効果も付与した。

そのおかげで魔物は寄ってこなくなり、パーティーは夕食まで解散になった。

俺はその間に抜け出し、村はずれの人気のないところへ行き、『気配遮断』と『転移』を使い、ワイバーンの近くに跳んだ。

攻撃魔法の『マグナム』を準備する。水弱め、雷強め、音なしに調整。

家系ラーメンの注文みたいだな……と、それより魔物だ。

バリィッッッッ!!

『マグナム』を放つと、ワイバーンは一瞬で絶命し、俺は肉を回収した。

うまい肉ゲットだぜ！

ベルウッド商会で、またバーベキューさせてもらうか。

お土産をゲットした俺は、ホクホクと村に戻った。

村では、今日狩ったスモールボアやホーンラビットが調理され、机に並べられていた。

料理担当の奥様方に、「秘伝のタレです」と言って、小分けにした焼肉のタレ一瓶を渡したら、凄い喜びようだった。うまいは正義だな。

カーク達は、村長と一緒に食事をしていた。

カークが村長と話し、ルークとテレスはそれを聞き、ニーナだけが肉にがっついている。

俺も食べるか……ワイバーンの件は秘密にして、俺は肉に手を伸ばした。

翌朝。昨晩は遅くまで宴会だったので、野郎連中は二日酔いだった。

俺はスキルがあるから平気だったけどな。

午前中に『結界』を解除し、周辺の警戒にあたるが魔物の気配はなかった。

村長に報告し、依頼達成となり、ベルセに戻る準備をする。

帰り際、奥様方に惜しまれたが、あんたら焼肉のタレが欲しいだけでしょ、絶対。

俺はワイバーンの肉をゲットしたので、ホクホクでベルセへの帰路に就く。

少し歩いたところで、カークの知り合いらしい人が現れた。

「あ、支部長！」

カークに挨拶した支部長は、俺に目を向けた。

「おっ。お前は初めて見る顔だな。俺は冒険者ギルド、ベルセ支部長のステルクだ」

豪快な感じの人だな。

「トーイチです。初めまして、ステルク支部長」

「おう、よろしくな！　……トーイチ？　んんん？」

ステルク支部長が首を傾げて考え込んだ。というより、何か思い出そうとしているのか。

あっ、もしかして、皇都の冒険者ギルドのマスター、マサシから何か通達でもあったか？

やべぇ、面倒くせぇっ。

「支部長自らなんて、何かあったんですか？」

「ん？　おおっ、ワイバーンが出たって報告があってな。討伐隊組んできたところだ」

カークが話しかけた事で、俺の事はとりあえず有耶無耶になったみたいだ。

ナイスッ！　カーク。俺は心の中でサムズアップした。

しかしワイバーンか……俺が倒しちゃったけど、どうしよう。

「街にいたCランク以上を、片っ端から集めたがこれしかいなかった」

「Cランクが六人……ですか。厳しいですね」

俺は黙って、カークとステルク支部長の話を聞く。うん、このままやり過ごそう。

「普通ならな。ま、俺が出てきたから大丈夫だろう」

「そうですね、支部長がいれば……」

難しい顔で言うカーク。

「ふむ……お前、少しヤレそうだな。どうだ？」

油断していたら、いきなりこっちに振られた。

「……えっ？」

ヤだよ面倒くさい。そもそも、ワイバーンはもういないんだ。

「すみません。Eランクの俺じゃ足を引っ張るだけなので、お断りします」

本当は皇都でDランクに上がってるけどな。

「そうか、そいつぁ残念だ」

ガッハッハと笑うステルク支部長。あまり残念そうじゃないな、おい。

「まあいい、んじゃそろそろ行くわ。帰りも気を付けろよ」

こうしてステルク支部長は、Cランク冒険者六人を連れて、ワイバーン討伐に向かった。

うん、なんかゴメン……。

翌日、「ワイバーンは飛び去ったらしく見つからなかった」という話を、カークから聞いた。

ステルク支部長から俺の話は出なかったみたいで、一安心というところか。

そこから数日は、カーク達と戦闘訓練をしたり、討伐依頼を一緒にこなしたりした。

俺の場合、剣道の下地しかなかったため、訓練とはいえ非常に勉強になった。

今までの俺の戦闘は、勢いだけだったからなぁ。

一つ一つの動作を確認して、地味に実力は上がったと思う。おざなりだった防御技術も大分良くなった。


数日後、ようやくベルウッド商会から連絡が入った。

カーク達との臨時パーティーもここで解散だ。ニーナには大分ごねられたが、後二～三日はベルセにいるよと伝え、別れた。

俺はベルウッド商会に出向き、応接室に通され、リサさんの祖父を待つ。さあ、ご対面だ。

バァァァァァンッ！！！

突然、ドアが激しく開かれた。

そこには、右手を腰の左前に、広げた左手を顔の前に掲げた、黒髪の男が立っていた。

……ジョジ○立ちで出てきやがった！

しかし、目の前で見るとアレだな……声も出せねぇ。

応接室に沈黙が流れる……。

ん？　なんかこの人、ちょっとプルプルしてない？　でもポーズは崩さないんだな。

そう思っていると、廊下から怒声がした。

「もうっ!!　なにやってるのっ、お父さんっ!!」

「リサっ？　これは違うんだっ！　親父がやれって言うからっ！」

男は顔を赤くして、ワタワタと言い訳を始めた。どうやら、やらされていたらしい。

「ぶはははははっ!!」

すると、別の野太い笑い声が響いた。

「親父ぃっ!?」

「お祖父(じぃ)ちゃんっ？」

どうやら、ようやくリサさんの祖父の登場らしい。いやに若いけど。

……あれ、どこかで見た事あるぞ。もしかして……おいおい、どうなってんだ……？

「え～と、……総司(そうし)……先輩？」

「まさか……刀一か？」

お互い指を指し合う、俺とリサさんの祖父。どうやら間違いないみたいだけど……。

「「マジで……？」」

◇　◇　◇

「いやぁ、マサシ以外で、日本の知り合いが来るとは思わなかった」

ゲラゲラ笑うソウシ先輩。

「っ～か、何で若いんです？　孫までいるのに……」

「あぁ～、何かこっち来た時に、神の加護とかで若返って老けなくなった（笑）」

「（笑）じゃないですよ……まったく……」

「お前も若いじゃねえか？」

「俺も、神の加護と似たようなもんですね……」

「そうか……じゃ、仕方ねえなっ！」

ガッハッハと笑う姿は、昔と変わってねえ。これで孫がいるとか、冗談としか思えない。

「……あの～～～……二人は知り合いだったの？」

リサさんが尋ねてくる。

「先輩」

「後輩」

俺とソウシ先輩が同時に答えた。

「いや、それだけじゃ分かんないから……」

「まあ、そうだな。面倒だからトーイチ頼んだ（笑）」

「トーイチさん、お願いします……」

リサさんに頼まれ、分かりやすく説明を試みる。

「仕方ない……え〜っと、地元の学校の二つ年上で、悪友……って感じかな」

「掻い摘まむとそんな感じだなっ！」

俺は先輩に向き直った。

「……で、先輩はこっち来てどのくらいなんです？　何歳の時に来たんですか？」

「ん〜、三十歳くらいの時だったか。んで、そっから六十年は経ってるな……」

「……そうすると、俺の十四〜五年前くらいですかね」

「ん、向こうだとそんなもんなのか？」

「そうですね。あぁ、これで先輩と音信不通になった理由が分かったわ」

「はっはっはっ、すまんな。まあ、そんな理由だよ」

マサシもそうだったが、召喚時に時間のズレがありすぎる。

「お前はどうなんだ？」

「ああ、俺は……」

俺は簡単に、ポークレア王国に召喚された際の話をした。

「ああ、あの国な……。先々代の国王もそんな感じだったな」

「その時はどうしたんです？」

「殴った（笑）」

先輩らしい……。先々代も俺が会った豚王みたいな感じなら、殴らない理由がない。

「親父、国王殴ってたのか!?」

「お祖父ちゃん、王様殴っちゃってたの!?」

慌て出すリサさん親子。

「あぁ、戦争すっから手伝えだのなんだの言ってきやがったからな。気に食わねえから、鼻を折ってやった」

二人が頭を抱えた。

……俺も暴言を吐(は)いて逃げたから、先輩の事は何も言えん。

しばらく話をして、先輩の家に場所を移し、昼食をいただいた。

午後も、先輩が六十年間何をしてきたか、俺の一ヶ月間の出来事、先輩がいなくなってから日本であった事など、話は尽きなかった。

「そう言えばお祖父ちゃん。元の世界の人と会った事ないって言ってなかった？　さっきの話だと、冒険者ギルドのマスターは同郷じゃないの？」

リサさんが先輩に聞く。

先輩は引きつった表情になった。

「ソンナコトイッタッケ？」

「……やっぱり嘘だったのね」

リサさんがゆらぁと立ち上がり、目を細めて、笑顔で先輩を見ている。ゴゴゴゴッと音がしそうなほど、威圧感が出ているけどな。

「はぁ……お祖父ちゃんの事だから、どうせ忘れてたんでしょ？　もういいわ」

ヤレヤレみたいな感じで、座り直すリサさん。

「すまんな。そう、忘れてた」

先輩、謝り方が雑っ！

「そんな事より、トーイチ、今日は泊まってけ！　もう少し話そうぜ！」

「先輩、ノリ……変わってないですね……」

「はっはっはっ！」

その後、先輩の部屋（まさかの和室）に行き、布団（ふとん）を並べて遅くまで話をした。

やっぱりと言うか、異世界より日本の話が多くなった。マサシより俺の方が、年が近いからな。

翌朝、朝食をいただき、リビングでこれからの予定を話す。

「次は、アライズ連合国に行こうと思ってます」

「えっ？　トーイチさん、ルセリア帝国出ちゃうんですか？」

「ああ、世界を回りたくてね」

リサさんの問いに答えると、クラウさんが口を開く。

「トーイチ。出る前に焼肉のタレ、置いてって」

……クラウさんはブレないな。

「おう、じゃあコレ持ってけ」

先輩が小さな箱を取り出した。

「ソレは？」

「双方向通信が可能な魔道具だ。ダンジョンや特殊な『結界』の外なら、電話のように通じる」

「貴重なんじゃ……」

「確かに貴重だけどな、だからこそ、渡す人間は選んでる」

ニカッと笑う先輩から、俺は箱を受け取った。

「……まったく……。ありがたくいただきますね」

「おうっ！」

そして、コソッと耳打ちしてくる先輩。

「呼び出したら『転移』で来いよ。そんで、タバコとビールを置いていけ。金は払う」

「そんな事だろうと思ったよっ！　ちくしょうっ！」

「ガッハッハッ!!」

バンバン肩を叩いてくる。痛ぇからっ！

「じゃあ、気を付けて行ってこい！」

「トーイチさん、ありがとうございました」

笑顔で手を振る先輩と、頭を下げるリサさん。

「それじゃ、またっ！」

俺は先輩達と別れて歩き出す。カーク達への挨拶がまだなので、一先ず宿へ戻った。


宿に戻ったが日中だったので、当然カーク達はいなかった。

仕方ないので、俺はギルドへ向かった。

ギルドに行くと、怖いオーラを纏ったティリアさんが、仁王立ちで出迎えてくれた。

「……トーイチさん、何か言う事はありますか？」

「エーット……タダイマ？」

「何故戻ったらすぐ、ギルドに来ないんですか？」

「……？　そんな規約ないでしょ？」

「それでも、です」

「……？」

「……コホン。で、今日のご用件は？」

「ああ。街を出るので、挨拶をと思いまして」

「……えっ？　ベルセを出ちゃうんですか？」

「そうです、今回はアライズ連合国に向かう予定です」

「……ソンナ」

「まあ、そういう事なんで。次、ベルセに来ることがあったら挨拶に来ますね。お世話になりました」

「アッ、ハイ……」

俺はギルド内のロビーを見渡すが、他に知り合いもいないので、ギルドを後にした。

その足で図書館に行って、旅の経路を確認する。

皇都を経由して西へ行き、ルセリア帝国最大の商業都市を抜け、国境を越えたらアライズ連合国か……。

徒歩で二十日前後ってところかな。足りるとは思うけど、もう少し食料買っておくか。

各商店を回り、食料を追加し終わったところで、近くの店で昼食を取る。

まだ早い時間だけど、宿に戻ってカーク達を待つか……。

ゴロゴロしたり外に出て一服したりして時間を潰しているうちに、夕方になった。

そろそろかな、とロビーに降りると、カーク達がちょうど戻ってきた。

「お帰り」

「「「ただいまですっ！」」」

一緒に夕食をいただき、食べ終わって一息ついたところで話を切り出した。

「明日、ベルセを出る事にしたよ」

「……そうですか。寂しいですね」

カークが肩を落とした。

「まあ、そのうちまた会えるさ。こっちに知り合いもいるしな」

「カーク達はずっとベルセにいるのか？」

「そうですね……しばらくはベルセの周りでやっていくと思います」

「そっか……まあ土産は期待しないで待っていてくれ。戻ってきた時はちゃんと探すから」

「「「はいっ‼」」」

談笑しているうちに、夜は更けていく。

「明日は見送りとかいらないから、ここでお別れだ。四人とも、頑張れよ！　ほら、右手の拳を握って、前に出しな」

俺は四人と、順番に拳を合わせていく。

「おやすみ。じゃあ、またな」

「「「おやすみなさいっ!!　またどこかでっ!!」」」

こうしてカーク達と別れを済ませ、俺は宿を出て、歓楽街へ向かった。


翌朝。賢者モードの俺は、ダルい体を押して起き上がる。

しかし無理してでも、今日ベルセを出発しなければっ！

「うぅ～～～……ダリィ～」

昨日、明日出る事にしたよ（キリッ）とか、しなければ良かった……。

朝食を食べたら宿をチェックアウト。

皇都側の門に向かい、いつもの門番さんに挨拶して、ベルセを出た。

賢者モード中なので、ゆっくり歩く。

ちょくちょく休憩を挟んだのだが、気が付いたら夜で、魔物の死骸に囲まれていた。

「……アレッ？」

よく分からんが魔物が全滅している……見てみると、どうやら俺が広範囲雷属性魔法でやったっぽい。賢者モード恐るべし。

とりあえず、ドロップアイテムを回収回収回収。

街道から少し離れて『結界』を展開。

野営開始。野営地ではないので、今日は一人だ。

六日後の夕方、俺は皇都に到着した。ギルドマスターのマサシに見つかって面倒を押し付けられないよう、感知系無効の『結界』を展開。これで安心だ。

宿でチェックインして夕食を取り、さっさと休む。

翌日は図書館に行き、アライズ連合国への道を確認。

昼食を取り通りを散策。早めの夕食後、歓楽街へ。

さらに翌日は賢者モード突入、一日休む。

四日目、いよいよ皇都を出発する事にした。

皇都から西――ベルセから見たら北西に向かう。

途中の野営地では、商人や冒険者達とバーベキューして酒盛りだ。

商人には焼肉のタレの小瓶を一つ売った。よっぽど気に入ったのか、高値で買ってくれた。異世界で大活躍だな。

道中、ゴールデンホーンラビットなるレア種が出てきた。

素材も魔石も高く売れ、肉も絶品と『鑑定』先生が教えてくれた。

ただし、動きがメチャ速いらしい。

「……見える。私にも見えるぞっ！」

俺は雷属性強めの『マグナム』で狙い撃った。

ゴールデンホーンラビットに近付くと、痺(しび)れているだけだったので、とどめを刺し、回収・解体した。肉が楽しみだ。


狩りと野営を繰り返す事数日、俺は商業都市ガラニカに到着した。

「……おおっ……皇都に負けず劣らずって感じか。さすが帝国最大の商業都市」

入場審査のために、長い行列に並ぶ。

門は貴族用、商人用、一般用と分かれ、列も区別されていた。

貴族用の出入口はがらがら。商人用の出入口は一人頭の時間が長いみたいだ。

一般用は列こそ長いものの、サクサク進んでいる。俺の番まで二十分は掛かったけど……。

入場審査も手続きもすんなり終わり、都市内部に入った。

「おおっ！　賑(にぎ)わってんなぁ！」

凄い人の数だ。新宿駅ほどではないが、横浜駅くらいは人がいそう。

俺は門の近くにあった案内板に目を通し、各ギルドと宿屋の場所を確認した。

まずは冒険者ギルド、ガラニカ支部に入る。

受付に行き、買取カウンターへ。素材と魔石を売り、ホクホクで今度は商人ギルドへ。

商人ギルドでは、ゴールデンホーンラビットの素材を売る。

解体も綺麗で状態が良かったのに加え、市場に滅多に出ないとの事で、大分高く買ってくれた。

肉はないのか？　と聞かれたが、俺が食べるから売らない。

冒険者はだいたい冒険者ギルドで素材を売ってしまうが、物によっては、商人ギルドの方が高く買ってくれる。

冒険者はわざわざ商人ギルドに行くのを面倒くさがるのだ。俺も面倒だと思うけど、お金は大事。

「金のために魔物と戦ってるんだから、高く売れる方が良いよな」

商人ギルドを出て、宿に向かい歩く。

すると、ガラの悪い五人組に道を塞（ふさ）がれた。

「よう兄ちゃん、景気良さそうだなぁ。俺達に分けてくれ――」

「断るっ！」

「ああっ？　んだとっコラぁっ!!　痛い目見てえのかっ、あぁんっ？」

後をつけているのは、『マップＥＸ』で知っていた。

……赤いモヒカンが一人に、スキンヘッドが四人。何で五人とも、トゲ付きの肩当てしてんだよ？　赤モヒは隊長機のつもりなの？

いかんっ！　超笑いそう。俺が我慢してプルプルしていると、男達が口々に言った。

「おいおい、下向いてブルッちまってんじゃん」

「あんま威圧すんなよ、リーダー」

「ああっ？　威圧なんかしてねえよっ！」

リーダーと呼ばれた赤モヒが怒鳴(どな)る。

やっぱりお前が隊長機かっ！　俺は堪(こら)えきれず噴き出したっ！

「ブハハハハハッ‼　ヒーッ……ブフッ！　ククククク……」

ヤバいっ！　面白過ぎて呼吸が（笑）。

「……はあ……はあっ……はあ……」

俺が顔を上げて、涙目で五人組を見ると、凄く睨(にら)まれていた。

「何笑ってんだ！　舐めてんのかっコラ、ああっ⁉」

「ふぅ……いや、すまん」

ようやく落ち着いた。

なんか怒ってんな。早くチェックインしたいんだが……。

そんな俺の考えが顔に出たのか、キレた五人組が殴りかかってきた。

まずは雷属性魔法で、五人組の動きを止める。

次の瞬間、赤モヒ以外の四人を蹴り飛ばす。

四人は頭から建物の壁に突き刺さり、愉快(ゆかい)なオブジェになった。

赤モヒは驚き、俺を睨み付けてくる。

ほう……さすがリーダー。まだやる気か。三倍速いのか？　若さ故(ゆえ)の過(あやま)ちか？

赤モヒが膝を曲げて腰を落とし、前傾姿勢になった。レスリングに近い構えだ。

そして、流れるように……

「すみませんでしたぁーっ！」

……土下座した。


「アニキ！　宿はこっちですっ！」

「……」

「アニキ！　あそこの屋台の串焼きはなかなかうまいですよ！」

一気に腰が低くなった赤モヒに、俺は冷たく言い放つ。

「アニキって言うな」

「……じゃあ親分、先輩、なんて呼べば良いんですか？」

「そもそも舎弟にした覚えはないっ！　付いてくんなっ！」

「アニキ！　あっちの屋台もなかなか良い味出してるんですよ！」

「話聞いてるっ⁉」

俺は宿とは反対方向に歩く。しかし、赤モヒは付いてくる。

宿から十分離れたところで『気配遮断』発動。『縮地』で距離を稼ぎ、『転移』で宿の近くへ。

これで見失ったろう。俺の逃走コンボは最強かもしれない。

俺はチェックインして部屋へ行く。

おかしい、商人ギルドを出た時はニコニコだったはずなのに疲れた……。

部屋で昼寝をして起きると、夕方を過ぎていた。

……寝過ぎたと思っていると、腹が鳴った。昼飯抜いちゃったからなぁ。

一階に降りると、食堂の入口に近いテーブルに、例の五人組が座っていた。

「あ、アニキ！　この宿だったんスね！」

他の四人はビビッているが、赤モヒだけは遠慮なく話かけてくる。

俺は無視してカウンター席に座り、食事を注文した。

「アニキ、あっちのテーブルで一緒に食いましょうよ」

「嫌だよ。俺は一人で食べる」

赤いモヒカンが悲しそうな顔をしたって、可愛くもなんともないんだよっ！

「ほら、早く戻れっ」と、俺は大きく手を振った。

赤モヒが、「明日は一緒しましょうね」とテーブルに戻っていく。……ヤだよ。

俺は素早く食べ終わると、気配を消し、『縮地』で食堂を出た。

部屋へ戻り、『転移』で城壁の上へ跳び、一服する。

「すぅ……ふぅ……」

紫煙を吐き、夜風に当たる。

今日はまだまだ時間があるし、昼寝したから眠気もない。なら行くかっ！

火を消して携帯灰皿へ。『転移』で部屋に戻り、『マップＥＸ』を確認。

五人組はどうやら部屋に戻っているようだ。ならロビー通っても平気だな。

俺は宿を出て、歓楽街を探して歩く。

くそぅ、昼間のうちに探しておくつもりだったのに……赤モヒめっ、今度会ったらドラゴンスクリューな！

酒場の多そうな通りを見つけたので、裏通りへ行くと、目的地を見つけた！

俺はその路地に吸い込まれていった……。


翌日は賢者モードのため、朝食を抜いて惰眠を貪った。午前中いっぱいダラダラゴロゴロして回復に努める。

赤モヒ達は冒険者なのか知らんが、街の外に出ているみたいだ。

昼から外に出て、飯屋を探す。

さすが商業都市。店の数も多く、料理も多種多様だった。迷うな。

テクテク歩いていると、和の雰囲気を出す店を発見。客の入りは良い。

異世界で和って少し怖いけど、転移者の店かもしれない。入ってみるか。

店の中は日本っぽさが強調されていた。

お座敷に通され、畳（たたみ）に座る。テーブルではなくちゃぶ台だ。

厨房からは、ジュージューと、良い音と良い匂いが漂ってくる。これはアレだよな……まさか異世界産の豚カツが食えるとは。

店員さんが湯呑（ゆの）みに水を入れて持ってくる。

お茶は栽培（さいばい）できてないのか？　と思いながら、サービスランチを頼んだ。

「サービス一枚っ！」と、厨房に向かい声を出す店員さん。

少し待つと、定食が運ばれてきた。

豚カツと山盛りのキャベツ、ライスとコンソメスープ、胡麻（ごま）の入った小鉢とお新香（しんこ）のセット。

うん、良い感じだ。

カツを一口……うまい。ただ、ソースが少し残念だった。

俺はタブレットで、日本産の中濃ソースと和辛子（わがらし）を購入。

トンカツソースも良いが、俺は中濃派だ。

中濃ソースを掛け、和辛子をちょっとつけて一口……うまいっ！　凄（すげ）ぇ合うっ！

汁物は、味噌（みそ）がないのかコンソメスープだったが、まあまあうまかった。

トータルで……これはかなりアリ！

俺はライスを一度お代わりし、大満足で店を出た。ごちそうさまでした。

豚カツ屋を出た俺は、一服してから、屋台や店を見て回った。

食材や調理器具、服を買っていく。

魔道具店に入り、何かあるかなぁ～と、棚を見ていく。

「……なん……だとっ？」

以前、皇都のカフェで見た、エフェクター内蔵のギターが売っていた……。

ぐぅ……旅にまったく必要ない、むしろ邪魔にしかならないが……欲しいっ！　しかもレスポールタイプとか……若干シャレてる？

値段を見ると結構お高い。結局、必要ないなと諦めた。

気を取り直して他の品物を見ていく。

魔導コンロ：火の魔石に魔力を溜めて使用。強弱の調整可能。

魔導送風機：風の魔石に魔力を溜めて使用。

魔導食洗機：水の魔石と動力用の魔石を使用。

魔導コンロが気になった。料理に火の強弱は必要だからな。他はスキルでどうにでもなる。

結局、店内では、ギターとコンロ以外に目を引く物は見当たらなかった。

ちょっと高いけど、コンロを購入。これで料理の幅が広がるな。

ガラニカには図書館がないな、と思っていたら、資料館があった。

古い絵などが展示されていて、思った以上に面白かった。

資料館を出ると、いい時間だったので宿に戻る。

ぬ……ロビーに赤モヒがいるな。俺は踵を返し、宿から離れた酒場を探し、移動する。

いい感じの酒場を見つけ、カウンターで一人飲み。

おっ、この店ラガーがうまい。二杯三杯と飲み進める。つまみもうまかった。

夜も更けたので、支払いをして宿に戻る。さすがに赤モヒ達も部屋に戻っているようだ。

部屋に戻り、『転移』して外で一服。さて寝るか……。

翌朝、ガラニカを出る準備をする。装備を整え、最後に腰に刀を挿す……よし。

宿をチェックアウトして、皇都と反対側の門へ向かう。商人、貴族以外はノーチェックなので、すんなり通過した。

「……さて、行くかっ！」

ガラニカを出て、国境まで続く街道を歩く。たまに出てくる魔物は『マグナム』で倒す。

夜は野営地で、商人や冒険者を交えてのバーベキューだ。

焼肉のタレはここでも大人気。一番活躍してるんじゃね？

もう一つ、ガラニカで仕入れた麺で、焼きそばを作った。鉄板も用意しておいたしな。

この焼きそばも人気だった。理由はタブレットで購入した、日本産のウスターソースだろう。香ばしい匂いが堪らない。

大満足のバーベキューだったが、警戒当番まで食い過ぎで動けなくなっているのはダメだろう？

仕方ないので、今日は『結界』を広めに張っておく。『結界』先生、いつもありがとう。

数日後、ルセリア帝国最西方の街に到着。この街は、魔王国と連合国との交易都市らしい。

獣人族やエルフ族、ドワーフ族に魔族が普通に歩いていた。

彼らはこの街から西側でしか行動しないため、皇都側から来た俺は会うことがなかった。

獣人族：身体能力が高く近接戦に強い。獣化のスキルを持つ者もいる。モフモフ。脳筋多め。
エルフ族：魔力が高く弓の扱いが上手い。寿命が長く豊富な知識を持つ。耳が長く美男美女が多い。
ドワーフ族：身体能力は高いが腕力特化。酒と鍛冶をこよなく愛す。女は幼い容姿。男はずんぐり、あと髭。
魔族：身体能力と魔力に優れ戦闘力は高い。褐色の肌に金色の瞳を持つ。寿命は長い。

『鑑定』してみると、こんな感じだった。

この街では全ての種族が友好的に暮らしているみたいだ。うん、良いね。

宿にチェックインしてから、散策開始。通りを歩いていく。

獣人さんモフモフだなぁ、撫でてぇ～。エルフさん美人やなぁ～。魔族さん金色の瞳カッコいいなぁ～。ドワーフさん、あの腕ぶら下がれそうだなぁ～。

店や屋台には、交易都市だけあって、目新しい物がたくさんあった。様々な土地の物が集まっているのだろう。

これから国外に出るので、今回は見るだけに留める。楽しみは取っておこう。

そんな理由で、交易都市は一泊だけして出発した。


交易都市を出て、野営を一回挟み、ついに国境に到着。出国手続きの列に並ぶ。

国境の先は、死の山岳地帯の北側で、麓には中立都市ヘリオが栄えているらしい。

死の山岳地帯という事で、冒険者が多く集まっている。彼らの目当ては、強い魔物がドロップする貴重な素材や魔石である。

反対の南側は、ポークレア王国が都市建設に反対したため、未開の地のままだとか。

順番が来たので、ギルドカードを提示し、犯罪歴を確認された。

問題なく出国すると、ヘリオまでは徒歩で三日程度。

とりあえず、この国境にある野営地で一泊だな。

人が多いので、バーベキューは控えた。テント内で、『アイテムボックスＥＸ』に入れてある串焼きなどで腹を満たす。今日はもう寝よう。


翌日、中立都市を目指して出発。

帝国内の街道より人が多い。戦闘は避けた方が良さそうだ。

といっても魔物は出てくるワケで……仕方ないので、刀を抜いて近接戦闘。

ベルセダンジョンよりレベルの高いオーク、オーガの上位種も現れた。

苦戦はしないが、縛りプレイとか面倒くさいな……目立つよりは良いけど。

他の冒険者も苦戦せずに戦ってるし、馴染(なじ)んでいるだろう。


ゆっくり進んで、国境を越えてから四日目。

一日多くかかっちゃったな、と思いながら、中立都市へリオに到着した。

門は開放されていて、出入り自由みたいだ。

門の左右に、凄ぇ強そうな奴らが立っている。人の出入りじゃなく魔物の警戒のようだ。

俺は都市内に入り街並みを見渡した。

国境前の交易都市より遥(はる)かに大きい。城壁もかなり頑強そうだ。

まあ、三国の国境が接する大陸の中心だからな。文化が入り交じって、栄えて当然か。

俺は案内図を見て、宿屋へ向かう。

チェックインを済ませ、中央部へ向かう。そこには、役所や各ギルドが並んでいた。

俺は商人ギルドに入り、素材の買取をしてもらう。

商人ギルドに入った理由は、冒険者ギルドに行って、下手に冒険者ランクが上がると面倒かな？と思ったからだ。とりあえず今のDランクで十分だろう。

全体的に、帝国より買取額が高い気がするので、理由を職員に聞いてみた。

この都市では、役所は全ての商人から税金を徴収している。

役所は集めた税金の一部を、各ギルドに配分する。

その分、ギルドは依頼報酬や買取額を高く設定する。

商人は税金を取られる分、他の都市より高値で販売する。

報酬や買取額が高額なので、冒険者には金が入り、物価が高くても困らない。

そんな感じらしく、上手く回ってるな、と俺は思った。

これは、昔の転移者が始めた政策なんだそうだ。

導入した当時は、利権目的で、賄賂を持った貴族や商人が取り入ろうとしたが、転移者に軒並み殴られて追い返された。

逆恨みして実力行使に出ようとしたら、戦闘前に全て潰された。容赦ねえな。

そんな事もあり、手を出すアホはいなくなったみたいだ。

買取が終わった俺は、商人ギルドを出た。とりあえず昼飯にしようかな？

昼食を終え、通りを散策。交易都市よりも目を引く物が多いな。

途中カフェに入り、アイスコーヒーを注文。自前の水筒に入れてもらった。

この水筒は、以前の街で買ったのだが、スポーツボトルタイプでそのまま飲めるので楽だ。保冷機能も付いてるので、半日くらいは大丈夫。

コーヒーはブラックだったので、ミルクとシロップを購入し、サッと投入。

水筒を振って混ぜて一口……ん、ちょうど良いくらいかな。

コーヒーを飲みながらテクテク歩く。

大通りを往復し、また中央部に戻ってきた。

さてコーヒーもなくなったし、いい時間になったから、そろそろ宿に戻るか。

そう思っていると、冒険者ギルドの前に人だかりができていた。

野次馬根性を出してみると、貴族っぽい男と魔族の女（冒険者かな？）が揉めていた。

男がギャーギャー騒ぎ、女は落ち着いてあしらっている……テンプレ感満載だな。

よし、宿に戻ろう！

ところが歩き始めると、俺の前に、さっきの貴族っぽい男が吹き飛ばされてきた……えぇぇぇ～。

「……うぐぐぐ。クソっ、魔族のクセに」

うわぁ、一言で面倒くさいよコイツ。おい、こっち見んなっ。

俺が嫌そうにしていると、男はこっちを見て口を開く。

「おい、貴様っ。手を貸せっ！　あの魔族の女に痛い目を見せるぞ！」

「……はぁっ？　ヤだよ、断るっ！」

「おい貴様、ちょっと待て！　私の言う事が聞けんのかっ？」

「何で俺が、お前の言う事を聞くと思ったんだよ。今、断っただろ！　もう話かけんなっ！」

「なっ!?　き……きき……貴様っ！」

「あとお前の相手はあっちだろ？　ほら、こっち来てるぞ。じゃあな」

「……なっ!?　おい待っ」

俺が背を向けて歩き出すと、魔族の女の声が聞こえた。

「アンタの相手はアタシだろ？　キ・ゾ・ク・サ・マ」

男の悲鳴が聞こえてきたが、まあ気にする必要もないだろう。


宿で夕食を済ませ、部屋に戻り、『転移』で無人の城壁の上へ。

「……ふぅ。あんなテンプレ貴族……いるんだなぁ」

タバコを吹かしながら思う。もしかして、日本の異世界モノ小説って、作者がこっち来て帰ってから書いてるのかな？

「ま、いいか。……ふぅ……」

アライズ連合国までもう少しってトコだな。サクサク行こうか。

その時、俺は不穏な気配を感じ取った。

「あの貴族……やっぱり兵隊集めてんな」

『マップＥＸ』でマーキングしておいて良かった。城壁の近く、人気のない広場に不穏な連中が集まっている。

「俺も狙われてるのかな？」

まあ、人気のない広場ってのは都合が良い。スウッと、人差し指を貴族達に向ける。

「墜ちろっ！　カトンボっ‼」

ドンッッッ！！！

大きな発射音を残し、紅い閃光が走るっ！

「「「「ギャアアアアアッ⁉」」」」

よし、全員生きてるな。雷属性ちょい強めで撃ったけど、ちょうど良かった。

さて、騒ぎになる前に戻るか。

俺はタバコの火を消し、携帯灰皿に入れ、『転移』で部屋に戻った。

「寝よ。ふわぁ……っ」

中立都市ヘリオを出て数日、アライズ連合国の国境が見えてきた。

「……お〜〜〜、見えた。結構時間掛かったなぁ！」

俺は意気揚々と、入国審査の列に並ぶ。

十分くらい経過して、俺の番が回ってきた。

ギルドカードを提示し、水晶型魔道具で犯罪歴の審査。どういう原理なんだろう？

すぐ側には、警備らしき獅子の獣人が、四人控えていた。

凄ぇ強そうなのにモフモフしてやがる。くっモフりてぇ……。

審査が終わり国境内へ。入国完了ぉっ‼

さっと周りを見ると、詰所のような建物があり、その横にトイレ、反対側に喫煙所があった。

喫煙所なんて珍しいな。ルセリア帝国にも喫煙者はいたが、数は少なかった。

これで堂々とタバコが吸えるなっ！　よし、一服するか！

「スゥ……ふぅ～」

喫煙所に入った俺は、ぷかぁっと紫煙を吐く。

しかし、気が付くと俺は……というか、喫煙所が獣人に囲まれていた。

『マップＥＸ』に敵対を示す赤表示はいなかったから、完全に油断していた。どういう事だ？

獣人の一人が話しかけてくる。

「ニホンの方ですね、ようこそ、アライズ連合国へ。歓迎致します」

「……っ⁉」

「フフッ。何で、という顔ですね。実はこの喫煙所を示す外の表示板……ニホン語なのです」

「はっ？　えっ、マジでっ？」

「フフ、後で確認してみて下さい。ま、そんなワケでこの場所を喫煙所として使用する人は、ニホン語の分かる方なんです」

「ん〜、理屈に穴がある気もするけど……まあ納得しておこう」

青表示だし、敵対する事はないだろう。

「はははは詰所の方でお茶でもお出ししますよ。どうですか？」

「うん、せっかくだしいただくよ」

タバコの火を消し喫煙所を出る。ああ、確かに日本語だわコレ。

俺は表示板を確認して、獣人達と詰所に入った。

「どうぞ」

コトッと湯呑みが置かれる。この香りは……。

一口飲む。落ち着くというかなんというか……うん、うまい。

「気付きました？　そうです、緑茶です」

「どうして緑茶が？」

「この国に来たニホンの方によって栽培され、連合国内では一般的に飲まれています」

へぇ〜一般に広まってるのか。富裕層だけじゃないんだな。

俺はタブレットで買えるけど黙っておこう。この緑茶、普通にうまいし……。

「それで、俺に何か用でも？」

「ははは、特にありません。ただ我々、獣人族がニホンの方にお世話になったので、感謝をしたいだけです」

「俺は関係ないのに？」

「はい。何故かニホンの方は、この連合国に来る方が多いんです。皆さん、我々に良くしてくれるんですよ」

獣人がははははっと笑った。

うん、それはまあ……俺も含めてだけど、モフモフ好きが多いからじゃないかな？

「全ての人々が感謝しています。叶うなら私もお礼を言いたいものです」

俺はズズッとお茶を飲み、話に耳を傾けた。

なんだろう。俺とまったく関係の無い日本人の話なのに、なんとなく照れくさい。

「コレ……お茶と話のお礼です」

俺はそう言って、ゴールデンホーンラビットの肉を渡す。日本の物にするか、とも思ったが、俺が自分の力で得た物の方が良いと考え直した。

「ゴールデンホーンラビットの肉……良いのですか？　こんな高級食材……」

俺はコクリと頷き、笑顔で詰所を後にする。なんとなく照れくさいので早歩きだ。

アライズ連合国に入国して最初の野営地に到着し、準備を始めた。

詰所で、もっとこの国の情報を聞けば良かったと、若干反省中である。

お茶飲んで「うまい……」とか言ってる場合じゃなかった。

まあ過ぎた事は仕方ない。気持ちを切り替えて料理をしよう。

ぼ～っとしながら料理を終えると、いつの間にか獣人達が涎(よだれ)を垂らして、俺を囲んでいた。

しまった。『結界』張るの忘れて、焼肉のタレを使ってしまった。匂いがだだ漏れだな。

「……食べます？」

「「「「いいのっ⁉」」」」

俺が言った瞬間、獣人達が一斉に群がり始めた。

俺の分は残るのだろうか？　……あと、アンタら誰よ？


「コレも頼むっ‼」

「コレもっ‼」

「この肉もお願いっ‼」

結局、俺は獣人達が持ち込んだ肉も焼く事になった。ちょっと意味が分からない。

最終的には、満腹になった獣人達がご満悦な顔で、そこら中に寝転がっていた……。

焼肉のタレの活躍っぷりが半端ない。

俺も焼きながら、ちょいちょい摘まんでいたので腹は満たされているが……もう夜中じゃん。

寝るか。片付けを中断して、テントに入り就寝した。

翌朝、外に出ると、獣人達が俺のテントの前で土下座していた。

「いや、すまなかった。君の都合も考えず料理を押し付けてしまって……」

「あの匂いは反則だぜ。完全に他の事が飛んじまった」

「味もヤバかったわね。食べた事の無い味だったけど、とにかくヤバかったわ」

口々に言う獣人達は、反省してるのかしてないのか、分かりづらかった。

すると、年長者らしき獣人が声を荒らげ、拳を振るう。

「お前らは……謝るのが先だろうっ！」

ゴッゴッ！

「「痛いっ!?」」

「本当にすまなかった。この通りだ」

……痛そうだな。ここは彼に免じて気にしないでおこう。

「まあ、もういいですよ。途中から食材持参してくれたし、俺も夢中になって焼いてましたし」

「そう言ってもらえると助かる」

出発の準備を終えたら、獣人達とは行く方向が違うので、ここで別れる。獣人達は全員同じパーティーだった。ギルドの依頼中らしい。

一応、次の街の事は聞いておいた。交易都市らしく、そこそこ大きいとか。

馬車で一日ほどの距離なので、あと二～三日かなぁ、と歩き続ける。

街道沿いの景色は、草原の広がる帝国に比べて、森林が多く感じる。

図書館の本にもそんな事が書かれてあったな。

国境である死の山岳地帯から離れると、強い魔物は減っていった。

森から来るのか、ボア系とウルフ系の魔物が多い。

ボア系はウルフ系より肉がうまいので、バッチこいって感じだ。あ、またワイバーン出ないかな。

しばらくして、『マップＥＸ』にそこそこの数の魔物の反応があったので、『マグナム』を撃つ。

当たらなかったようで、ん？　と思っていると、鳥型の魔物で飛んでいた。

もう一度、今度はしっかり狙って撃つが……避けられた。

「……チッ、避けるのかよっ！」

『鑑定ＥＸ』を発動する。

クロウバット：カラス型の蝙蝠（こうもり）。爪と嘴（くちばし）で攻撃する。超音波で攻撃と位置を把握するため、攻撃を当てにくい。昼夜問わず活動する。肉はまずい。

蝙蝠かよっ！　見た目完全に鳥じゃねえか。しかも肉はまずいって。

もう狩らなくてもいいかと思ったが、一斉に襲いかかってきたので、『縮地』で距離を取る。

『マグナム』みたいに収束すると避けられるのなら、やっぱり広範囲魔法しかないよな。

「……おっとっ」

また『縮地』で距離を取る。ん～、無難に風魔法かなぁ。でも魔法はあまり練習してないからなぁ。

とりあえずもう一発、『マグナム』！

「チッ、やっぱり避けるか、面倒くせえ」

なら、雷撃系魔法『ギガディン』。

ズガァァァァァ……ンッ！！！

クロウバットは跡形もなく消え、地面は広範囲が焼け焦げていた。

「……」

『転移』。トーイチはにげだした。

「手加減無しで『ギガディン』は駄目だな」

『転移』で現場から離れた俺は、自分の事を棚上げし、魔法に駄目出しした。

いや、『ギガディン』は凄かったです。威力と音を調整すれば使えない事はないかも。

やがて交易都市に到着。

人はそれなりにいるが、帝国の交易都市よりは一回り小さいかな？

まずは宿屋にチェックイン。宿を出て、案内図を確認。商人ギルドへ素材を売りに行く。

ギルドに行くまでの通りは獣人が多い。いや、都市全体が……だな。

そういう国だし当然なんだけど……うん、日本人が好きそうだ。モフモフ天国だもんなぁ。

商人ギルドの職員さんも獣人で、受付は猫人族の女性だった。

猫耳がカワイイので、素材は肉を多めに出した。

興奮して猫耳をピクピクさせながらも、顔は平静を装っている……カワイイ。

商人ギルドを出たら、通りを散策。肉料理の店が多いのは獣人が多いからだろうか？

そんな中、イメージカラーはグリーンです！　と言わんばかりの店を発見。

予想通りというかなんというか……エルフのお店だった。

夕飯はここにするか、と入店する。

「いらっしゃいませ。空いてる席にどうぞ」

カウンターにいたイケメンエルフから声をかけられた。ヤダ……声もイケメン。

店内はダイニングバーのような、落ち着いた感じだった。

カウンター席に着くと、ウェイトレスの美人エルフが水とメニューを持ってくる。

「決まりましたらお呼び下さい」

ヤダ……超美声。

野菜中心の料理だったが、凄く美味しかった。調理法が良いのか素材が良いのか、はたまた両方か……とにかくうまかった。

「ごちそうさま。とてもうまかったです」

「ふふふ。ありがとうございました、またご来店下さい」

俺は店を出て宿に向かう。美人さんが優しく笑うと破壊力高い……エルフやべぇっ！

宿に戻り、横になった。

明日もランチ……やってるかな？　そう思いながら、俺は意識を飛ばした。


翌日、宿をチェックアウトして再び商人ギルドへ。

受付で、連合国の地理の資料があるか尋ねると、冒険者ギルドにあるとの事。

冒険者ギルドに行き、資料閲覧の許可をもらう。

現在いる交易都市から西に行くと連合国の中央、首都アライズがある。

首都から北に行くと旧ドワーフ国王都、南に行くと旧獣人国王都、西に行くと旧エルフ国王都。

ん～、一日首都に行くか、交易都市から時計回りにそれぞれの街へ寄って、最後に首都に行くか。

どうすっかなぁ。

そんな事を考えつつ、冒険者ギルドを出た。

昨日の店がランチもやってるみたいだったので入店。

カウンターには昨日と同じエルフがいたが、今日もイケメンだった。

ウェイトレスは違うエルフだったけど、やっぱり美人さん。

ランチセットもやはり野菜中心の料理だったが、美味しかった。

満足して店を出た俺は、街を散策。

食材を補充していたら、エルフの野菜店があったので、多めに購入した。

店員さんはハチマキを巻いたイケメンエルフだったが……ハチマキは似合わんね。

いつの間にか西門に着いてしまった。

まだ決めてなかったんだけど、とりあえず首都に行ってみるか。

その時、外から馬が飛び込んで来た。

馬に乗っていた傷だらけの狼人族（？）が、息を切らせながら門番に叫ぶ。

「ハァハァ……緊急……だ！　ハァ……スタンピード……ハァ……が起きた！」

「「……なんだとっ!!」」

「は、早く……ハァ……冒険者ギルドへ！」

門番の二人が顔を見合わせた。

「俺が残って治療と話を聞く！　お前はギルドに報告を！」

「了解！」

スタンピードって、魔物が溢れ出したとかそんな感じだよな。

さすがに放っておけない。もう一泊かな……。


「お前達は各門の詰所へ応援の要請。お前達は一般人の避難誘導。残りは武装して門前で待機！」

「「「「了解っ!!」」」」

俺が門の隅っこで見ていると、獅子人族の隊長が詰所前で指示を出し、隊員が散って行く。

獣人って意外と統率されてるなぁ。

「隊長、敵の数は少なくとも千以上、アンデッドが主体みたいです」

「アンデッドか。厳しいな……」

「そうですね。数はともかく、アンデッドというのが厳しいですね」

数はともかくって……千体以上が問題じゃないのか。やっぱり戦闘力は高いんだな。

「冒険者に聖属性……もしくは、火属性魔法の使い手が多ければなんとかなるが」

「数は揃わないでしょうね……」

そうか。獣人は魔法の使い手が少ないのか。

「隊長っ！」

「どうした？　副隊長」

「冒険者は百名と少しが集まれそうです」

「そうか。そのうち魔法が使えるのは何人いる？」

「おそらく二～三割かと」

「……そうか。やはり厳しいな。お前は避難誘導を手伝ってくれ」

「はっ！」

「避難誘導を終わらせたら、守備を固める準備を」

「はっ！　隊長はどうされるので？」

「俺は精鋭を数人連れて先制攻撃だな。数を減らす」

「っ!!　隊長……それはっ！」

「頼む」

チッ……聞かなきゃ良かった。そんな作戦にもなってない作戦、潰さなきゃな。

『マップEX』を起動する。

敵の数は千どころか、四千近くになってるじゃんっ!!

俺はすぐに、アンデッドの大軍の付近に『転移』した。

もちろん距離はかなりある。なんかニオイそうだし。

「さて……やるか」

『マグナム』を集団の後方に、連続して撃ち込む。

四発、五発……こちらに気付いたのか、先頭集団以外が進路を変更してきた。

『転移』で集団の後方へ跳び、再び『マグナム』。どんどん敵の数を削る。

二～三百くらいの先頭集団は交易都市に向かっているが、これはワザと。

あのくらいの数なら大丈夫だろう。俺は残りのアンデッドを狩っていった。

「さて、残りはアイツだけか……。なんか黒い靄が出て強そうだな。『鑑定』」

ワイト　レベル68：強力な魔術師の死後、肉体に悪霊が入り込んだ魔物。高い知能を持ち強力な魔法を使い、魔法耐性がある。

ステータス的には問題ないけど、どうしよう……？

なんて思っていると、ワイトの周りに黒い炎が現れた。なんかヤバそうな色してるな。

……っ！　やべっ『転移』っ！

俺はワイトの背後に、距離を置いて跳んだ。

黒い炎は俺がいた地面に着弾し、燃えている。

「この野郎っ、いきなり撃ってきやがってっ！」

ワイトはこちらに向き直り、新しい炎を周囲に漂わせた。

「墜ちろっ!!」

指先に魔力を集め、『マグナム』を撃ち放つ！

キュウウゥゥ……ドンッ‼

黒い炎を巻き込んで、ワイトに直撃した。

「やったか？」

あっ、フラグ立ったなこれ。自分の発言に若干の後悔。

やはり黒炎は消えなかった。『マグナム』は一応、水属性メインの魔法なんだけどなぁ。

ワイトがゆっくりと前進してくる。うん、効いてないね。

それなら……と、俺は想像する。

イメージは不死鳥。黒炎なんて使ってるけど、本体はアンデッドだ……炎には弱いだろっ！

「『カイザーフェニックス』っ‼」

不死鳥の形をした炎がワイトに直撃した。

大きな炎柱が立ち上ぼり、激しく燃え上がる。

「やったか？」なんてもう言わない。

しかしワイトは黒炎を身に纏い、炎柱から出てきた。

「……チッ」

俺は舌打ちをしてワイトを睨む。面倒くせえ……。

水もダメ、雷もダメ、火もダメ……どうするか。

多分、土と風も効かないだろう。氷は黒炎と相性が悪そうだ。

残るは聖属性……セオリー的にコレだろうけど、光属性もあるか。

この二つの違いが微妙に分からないんだよなぁ。どっちの属性も光ってるイメージしかない。

『聖』って現代日本人はイメージできるんだろうか？　俺にはよく分からん。それに俺は、『聖』っていうより『性』だしな……。

『光』は太陽とか車のヘッドライト、蛍光灯とかそんなイメージ。攻撃できる気がしない。太陽は火のイメージもあるか。

さて……どうしよう。

無属性……ただの魔力ならどうか？

放出だとダメそうだから、刀に魔力を付与し、『転移』で黒炎を避け、ワイトの背後へ。

『縮地』で一気に距離を詰め、ワイトを左から右へ切り裂いた！

ズバンッ!!

どうだっ！　とワイトを観察。俺が切った箇所から、シュ一ッと白煙を上げている。

再生してない？　再生しているのなら効いてはいるのか……。

なら、『縮地』連続使用からの……『秘剣ディスカッター乱舞の太刀』っ!!（刀を横に倒し、『縮地』で通り抜けるだけ）。

「どうだっ、この野郎っ!!」

俺は連続で切り裂いた後で振り返り、黒炎が飛んできたので横っ飛びでかわす。

危ねぇなっ！　この野郎っ！

全身から白い煙を出しながらも、ワイトがどんどん近付いてくる。ダメージはあっても痛みがないから、普通に動けるのか……。

ただ、周囲を飛んでいた黒炎も、身体に纏っていた黒い靄も消えていた。さっきの黒炎が最後の攻撃だったか？

……ふむ、今なら魔法も通るんじゃないか？

俺はもう一度、不死鳥を思い浮かべ、魔力を集めた。魔力は炎となり不死鳥を象って（かたど）いく。

「『カイザーフェニックス』っ!!」

不死鳥はワイトに直撃し、ゴオォォォオォォッと炎の柱が出現し、ワイトを焼き尽くしていく。

魔石が地面に落ちる、ポトッという音が、戦闘終了を告げた。

「ふぅ、面倒くせえ相手だった……」

『マップＥＸ』で周囲を確認する。

ワザと残した先頭集団の魔物も、数が減っていってるのが見てとれた。

魔物の残りもいない。

「うん……大丈夫そうだな」

野営の予定だったけど、今日は宿に戻る事にして『転移』した。

ワイト戦から一夜明け、俺は昼食を取っていた。もちろんエルフのお店だ。

ウェイトレスは初日のエルフさんだった。うむ、今日も美人さんだ。

昼食を終えた俺は、門へ向かう。

衛兵とギルド職員達が、あちこち走り回っていた。

スタンピードは問題なく収まったんだから、ゆっくりできると思ったんだが……？

門番さんにどうしたのか聞いてみる。

「ああ、スタンピードの敵の数が少なかったんで、確認の討伐隊が出たんだよ。そしたら大量の魔石が落ちていたみたいでな」

あ、回収するの忘れたな。もったいねぇ……何で気付かんかなぁ、俺。

「回収はしたんだが、誰がやったんだ？　って事で探してるんだと」

……まあ、探すよな。よし、聞かなかった事にして次に行こう。

「ふーん……では頑張って下さい。それでは」

俺はそそくさと門を通り抜け、首都へ向かい歩き始めた。

魔物を狩りながら、街道をゆっくり歩く。

野営地があったので、今日はもういいか、と早めに野営を始めた。

料理の匂いに釣られて獣人が来てしまうので、今日は『結界』を忘れずに張る。

テントを出して、バーベキューコンロを出して……うーん、まだ夕方まで結構あるな。

ぼ～っとしてたら眠ってしまっていた。


目を覚ますと夕方過ぎだった。二時間くらい寝ちゃったか……。

周りを見渡すと野営組がそこそこいて、料理を始めていた。

んっと体を伸ばし、起き上がる。

肉とパンをバーベキューコンロで焼き、エルフの八百屋で買った野菜を切る。

そして、肉と野菜をパンで挟む。簡単焼肉サンドの完成だ。

もちろんタレは焼肉のタレで決まり。

パクッと一口……うまっ!! こんな適当でも十分うまい。

付け合わせにウインナーを焼く。日本のものをタブレットで購入した。

パリッって音がいい。塩胡椒(こしょう)しただけだがうまい。

パン二枚目には、ウインナーを挟んだ。

マスタードとケチャップを購入し、野菜を挟んで完成。これもうまい。

簡単サンド二枚を食べ終え、食後の一服とコーヒーを飲んでる時に、俺は気付いた。

これって、モーニングじゃね?

昼寝のせいで、食後も眠れず暇になってしまった。

仕方ないので、『マップEX』で感知した遠くの魔物を『転移』で狩って、テントに戻るを繰り返した。ボア系が多く、肉もゲットしてホクホクである。
少し眠くなってきたところで、就寝。

翌朝、周りの野営組と同じ頃に起きたが、寝不足感はなかった。
朝食はトースト、サラダ、スクランブルエッグ、ウインナー、コーヒー。
ザ・モーニングという感じにしてみた。昨日の晩飯と変わらないな……。
食後の一服をし、片付けをしたら野営地を出発。
首都へは、あと二~三日歩けば着くみたいだし、今日もゆっくり行こう。
久しぶりにステータスのチェックをしてみる。

現在のステータス
名前：村瀬刀一（18）
種族：人間
職業：無職
称号：召喚されし者　Dランク冒険者　賢者　初級ダンジョン踏破者　喫煙者
レベル：43
HP：8600　MP：4300

力：４３００　敏捷：５１６０
魔力：３４４０　精神：４３００
器用：６０２０　運：80
【スキル】
鑑定ＥＸ　アイテムボックスＥＸ　言語理解
健康ＥＸ　マップＥＸ　ステータス隠蔽（いんぺい）・偽装
並列思考レベル2　気配遮断レベル8　速読レベル8
【戦闘系スキル】
剣術ＥＸ　短剣術レベル10　体術レベル10
縮地レベル9　狙撃レベル4　魔闘技レベル7
【魔法系スキル】
空間魔法ＥＸ　魔力感知レベル4　魔力操作レベル6
生活魔法　身体強化レベル9　付与魔法レベル7　音魔法レベル4
【生産系スキル】
採取レベル5　料理レベル3
【固有スキル】
女神の恩寵（おんちょう）　タブレットＰＣ

賢者が称号になってるな。賢者（笑）とかじゃなくて良かったけど。

でもまだ無職って、なんかバカにされてないっ⁉　久しぶりのステータスチェックでなんかへこんだな……。

それと、喫煙者って称号じゃなくてよくないか。

初級ダンジョン踏破者はいいか。タブレットは固有スキル扱いなんだな。

並列思考はよく分からん。狙撃は『マグナム』が関係してるのかな？

◇◇◇

首都まであと半分くらいかな？　という辺りで、少し大きめな野営地に到着した。

アライズ連合国は、首都と旧王都三ヶ所以外には、大きな街がないんだとか。貴族制度もない。

旧王国の王族は存在しているが、象徴的な地位であり、不満なく過ごしているとか。

獣人、エルフ、ドワーフには、その辺りのこだわりが薄いのかもしれない。

ただし旧貴族だった者達は、貴族制度廃止の賛成派、反対派に分かれ争った。

反対派は当時の転移者達に敗れ、賛成派は新政府に役人として登用され、今の連合国の体制を築き上げた。

国のトップはいないと不便なので、王族でも貴族でもない平民から選出し、議会も存在している。
政治はどうしても必要らしい。

「ふ～ん……」

俺は野営の準備を済ませ、テント内で、タブレットで連合国の成り立ちを読んでいた。

これ、検索すれば過去の転移者達の情報も分かりそうだな。

切りのいいところでタブレットを弄るのをやめ、夕食の準備をしようとテントの外に出る。

大きな野営地のためか、結構人が多い。

肉もたくさんあるし、また皆を巻き込んでバーベキューするか。

肉を『アイテムボックスＥＸ』から取り出し、近くにいた獣人に声をかけた。

「良いのか？　それは助かる」

「ああ構わない。周りの奴らにも声かけてくれないか？」

「おうっ、任せろっ‼」

声をかけた犬系獣人は、尻尾をブンブン振って駆け出した。

野営地の中心で、バーベキュー大会が始まる。いや、大会じゃないけど。

俺はバーベキューコンロ二台と魔導コンロ、食材を出す。

集まった人達もそれぞれ、食材を持ち寄って凄い量になっているけど……皆で作ろうね。俺一人じゃやらんよ？

片方のバーベキューコンロには網を、もう一台には鉄板を、魔導コンロには寸胴を置く。

そして、網に獣人の冒険者、コンロにエルフの冒険者、鉄板に俺がスタンバイ。

さあ、始めようか。

網では肉と野菜をひたすら焼く。今回は肉の量が多かったので、業務用のタレを購入したが、十分うまい。

コンロでは俺が味噌を提供し、豚汁ならぬボア汁を、エルフさんに作ってもらった。豚肉と違ったクセはあるがやはりうまかった。

俺は鉄板で焼きそばも作る。ソース味と塩味の二種類だ。

獣人達はやはりお肉メイン、エルフ達は野菜メインで食していく。

焼きナスとか焼き玉ねぎとか、エルフさん持ち込みの野菜はかなりうまい。それを使用した焼きそばやボア汁も、言わずもがな。

カシュッとビールのプルタブを開け、飲みながら一服。

「ふぅ〜至福」

バーベキュー大会は大好評で終了。いや、だから大会じゃないけれども……。

今回は酒を飲む人がいなかったので、遅くまで大騒ぎ、という事にはならなかった。

そういえばドワーフはいなかったな。

さて、寝るか。タバコの火を消し、ビールを飲み干す。

俺は見張り番の人達に挨拶し、テントで眠りに就いた。

翌朝、目を覚ましてテントを出ると、昨日の面子が揃っていた。

「……え～～～っと……、おはよう……？」

「「「「おはようっ!!　朝飯も頼むっ！！！」」」」

朝飯が目当てだった……。

網でウインナーとトーストを、鉄板でスクランブルエッグとベーコンエッグを作る。

コンロでは、昨日のボア汁の残りに、野菜とボア肉を追加した。

トーストと味噌は合わなそうだけど……まあ問題ないだろう。

食後にはホットコーヒーを配り、砂糖と牛乳は簡易テーブルに置いておく。

エルフ達はブラックでも飲んでいた。

獣人達は苦いのは苦手みたいだ。皆、砂糖と牛乳を入れていた。舌先でチロチロしてる猫人族の女冒険者が可愛かった。

朝飯が終わり、片付けをして、皆と別れる。

タブレットを見ると、もう十時を回っていた。ゆっくりし過ぎた感はあるが……まあ、いっか。

野営地を出発し、しばらく歩いていると、街道が分岐していた。

ご丁寧に看板？　標識？　が設置してある。

→アライズ
↓初級ダンジョン
↑中級ダンジョン
←国境

ダンジョンか、ちょっとそそられるじゃないか。

う〜ん、急いでるワケじゃないしな。寄り道するかっ！

初級は経験したから、今回は中級しかないと、中級ダンジョンへ足を向けた。

初級ダンジョンみたいに、ダンジョンマスターに会ったら特典があるといいなぁ。

十字路から歩き続け、そろそろ暗くなりそうだなぁ……という頃に、小さな野営地に到着した。

俺は『結界』を張り、野営の準備をする。

夕食を作っていると、魔物が一匹近付いてきた。

『結界』の効果でニオイは漏れてないはずだから、火の明かりを見てきたのかな？

どっちにしても、『結界』内には入れないだろうけど……。

少しすると『結界』の境界の草むらから、魔物がピョコッと顔を出した。

「なん……だと……？」

現れたのは白い毛並みの子狼？　だった。

くっ、カワイイじゃねえかちくしょう。『鑑定』で子狼を見る。

スノウホワイトウルフ：グレイウルフの希少種シルバーウルフから生まれる超希少種。ダンジョンには存在しない。体内に魔石を持たず、先天的に人を襲うという意識が薄い。毛並みの色から、獣人・エルフには神狼の使いとして崇められている。

つぶらな瞳でめっちゃ見てくる。なんか敵意もなさそうだ。

俺は肉を菜箸で摘まんで、左から右へ動かす。子狼の視線が肉を追った。

う～ん、飯が食いたいんだろうなぁ。仕方ない。

俺が一瞬『結界』を解除し手招きすると、子狼は俺の足元に駆け寄ってきた。

舌を出して尻尾をブンブン振って、俺の顔を見る。……カワイイ。

「……はぁ」

俺は警戒するのをやめ、『結界』を張り直し、肉を皿に移して差し出した。

ワンッと一鳴きし、ハグハグと食べ始める子狼。……カワイイ。

肉を載せた皿の横に、水を入れた皿を置き、俺は自分の食事を始めた。

食べている途中に、子狼がワンッと一鳴きし、俺の足元に空の皿を置いた。どうやらお代わりをご所望らしい。やれやれだぜ。

食事が終わり、テントに入って横になると、胸元に子狼がモゾモゾとやってきた。

「……なんだ、一緒に寝たいのか？」

抱いてみると、凄くモフモフだった。こいつはやべぇ。

俺は控え目にモフモフしてみる。モフモフ具合がやべぇ。

子狼はモフられるのも気にせず、寝てしまったみたいだ。……カワイイ。

「この子狼……どうしたもんかね」

何故一匹でいたのか？　親であろうシルバーウルフはどうしたのか？

気になるが……もう眠い。その辺りは明日の俺に任せよう。

俺はモフりながら意識を手放した。

翌朝。目を覚ますと、俺の腹の上で子狼が丸まって寝ていた。

一撫でするると目を覚まし、小さくワンと一鳴き。そして、俺の手にスリスリしてきた。

朝食を済ませコーヒーで一服する。子狼が一緒なので、タバコが吸いづらかった。

「さて、どうするかねぇ」

とりあえずダンジョンに向かうか。片付けをして、野営地を後にした。

……まあ、付いてきちゃうのは予想通りだけど、俺の頭上を定位置にするとは。こんなテンプレはいらなかったよ……はぁ。

「……ワンッ」

「うん、人の後頭部で尻尾ブンブンするのやめてね。凄い気になる」

もちろん言っても聞いてくれないけど。まあ、いいか。

子狼を頭に乗せたまま、街道を進む。

魔物は『マグナム』で遠距離から倒し、魔石を回収。子狼を乗せたままでも問題なく進む。

「……お前、バランスいいなぁ」

「ワンッ」

「ブンブンすんのはやめてね……」

日が落ちそうなタイミングで、ダンジョン前の宿場町に着いた。

宿場町があって良かった……って、子狼も泊まれるのか？

宿の受付で、狼が泊まっても大丈夫か確認。大丈夫との事。

獣人も泊まるし、まったく問題ないって。なんとなく納得した。

チェックインして部屋へ。

鳴き声が漏れないように、『結界』を調整して展開。これでよし。

少し子狼と戯（たわむ）れてから、夕食を食べに食堂へ。子狼は俺の頭に引っ付いていた。

この宿の食事はセルフサービスみたいだ。

二人掛けのテーブル席を確保して、子狼を頭から剥がす。

「大人しく待っててくれよ」

「ワンッ」

ホントに分かってんのかねぇ。

カウンターへ行き、木製のトレーに食事を取って、テーブル席に戻る。

子狼は、獣人やエルフのお姉さん達に大人気だった……。

お姉さん達から解放された子狼と飯を食う。

「お前、モテるなぁ」

「ワンッ」

お姉さん達はそれぞれの席に戻ったが、チラチラこちらを……子狼を見ている。まあ、見てるのはお姉さん達だけではないが。

やっぱ厄介事もくっついてきたなぁ。面倒だ。

「……ほら、ゆっくり食え」

「ワンッ」

「分かってねぇ……」

食事を終え、部屋から宿場町の外へ、一服しに『転移』した。

子狼は俺の頭に引っ付いていている。定位置なんですね、そこ。

一応、一緒に『転移』できるかの実験でもあった。

俺だけ『転移』するって可能性もあったし、一緒に『転移』できたので一安心。

子狼を頭から降ろし、タバコに火を付ける。

「ふぅ……あんま離れんなよぉ」

「ワンッ」

まあ『マップEX』でマーキングしてるから、離れても大丈夫なワケだが。

さて、問題は宿屋の人族だ。多分、子狼が希少種って事に気が付いてる。

何かしら動きを見せるだろうから、『結界』弄っておくか。

「……すぅ……ふぅ……」

悪意を持つ者に対して発動する、スタンガン的な罠にしておこう。

タブレットでスタンガンを検索。市販の最強クラスが百五十万ボルトか……。

んじゃ百五十万ボルトでいっか。これで罠を設置っと。

タバコの火を消し、『洗浄』『乾燥』でニオイ消し。生活魔法、便利やなぁ。

「ワンッ」

ニオイが消えたからか、子狼が近付いてきた。やっぱタバコは苦手なのかな？

ついでに子狼にも『洗浄』。

「ワフッ」

そして『乾燥』。

「ワンッ」

おお、モフモフ度が上がった。

「よし、戻って寝るか」

「ワンッ」

一撫ですると俺の頭に登ってくる。俺達は宿の部屋に戻った。


翌朝、目を覚まし『結界』の境界外を確認してみる。

「……あれ？　何もねえな」

くっ、準備してたのに何もないとか恥ずかしい……。

「ワンッ」

やめてっ！　純粋な瞳で俺を見ないでっ!!　一人で悶絶した。

おっさんの悶絶とか誰得だよ。

俺は顔を洗い、子狼は俺の頭に乗る。

朝食をもらいに食堂へ行くと、簀巻きにされた冒険者？　の男が三人、獣人とエルフのお姉さん達に囲まれていた。男達は既にボコボコだ。

昨日、子狼を値踏みするように、嫌な目で見ていた奴らだが、何故簀巻きに？

お姉さん達が口々に言う。

「コイツら、昨日の夜に、神狼様の御使い様をさらって、売ろうって話をしていてね」

「案の定、夜中に動き出したからとっ捕まえたのよ」

「こんなに可愛いのに、さらって売ろうなんて……」

「「「「アタシ達が許さないっ!!」」」」

「ワンッ」

……お前モテるなぁ。あと後頭部でブンブンするのやめて……。

その後、男達はギルド出張所に突き出した。

素行の悪い冒険者だったらしく、手を焼いていたとか。

後日、定期馬車で首都アライズに移送され、アライズ支部で裁かれるらしい。

宿に戻ったら遅い朝食。子狼は相変わらず、お姉さん達に囲まれて飯を食べている。

「はい、あ〜〜〜ん」

「ワンッ」

「こっちもこっちも、あ〜〜〜ん」

「ワンッ」

くっ、羨ましい。おい代われ、と心の中で呟いた。

「そういえば、あなたは御使い様の何なのかしら？」

いきなりお姉さんから話を振られる。

「一昨日、野営してたら懐かれた」

「「はっ？」」

「だから、野営してたら草むらからピョコッと出てきて、肉をあげたら懐かれた」

「……それだけ？」

「それだけだな。他に特別な事は何も」

すると、お姉さん達が顔を見合わせて話し合う。

「御使い様って、そんな簡単に懐くっけ？」

「そこまで知らないわよ」

「でも、頭に乗っかったりするなんて聞いた事ないわ。凄く懐いてるわよ？」

「御使い様が懐いているんだから、悪い人じゃないんだろうけど……」

「ワンッ」

お前は我関せずか、そうですか。

「まあ、そんな理由なんで『子狼がいなくなった』とか『さらわれた』とか情報があったら教えてくれ。ちゃんと戻してやらんとな」

「ええ。で、あなたは何者なの？」

「俺はトーイチ、冒険者だ。身元は冒険者ギルドか商人ギルド、またはベルウッド商会にでも問い合わせてもらえればいい」

「ベルウッド商会の関係者なの？」

「ああ、先代の友人だな」

「えっ⁉　ソウシ・ベルウッドの友人っ⁉」

「ああ、問い合わせてもらえば分かる」

「そこまで言うなら大丈夫か……何か情報があったら教えましょう」

「うん、よろしく頼む。ついでに、もう一つ頼んでもいいか？」

「ん？　内容によるけど？」

「俺がダンジョンに入る間、こいつを預かってもらえないか？」

「えっ⁉」

「ワンッ⁉」

お姉さん達と子狼が、一緒に驚いていた。何故そんなにびっくりする？

「いやいやいや、普通にダンジョンに連れてなんて行けないでしょっ⁉」

「それは……まあ」

「ワンワンワンッ‼」

子狼は納得していないようだが、これは仕方ないだろう。

「いや、駄目ならギルドの出張所にでも預けるけどさ」

「「「「それなら私達が預かりますっ!!」」」」

「ワンッ!?」

「んじゃ、よろしく」

これでひと安心と思い、俺は部屋に戻りベッドで横になったのだが……。

「もが……もがもがもが。（おい、顔に乗るな）」

「フンス」

子狼がご機嫌斜めである。

どうやら預けられるのが気に入らないみたいだけど……言葉を理解しているのか？

顔から剥がし、子狼に話しかける。

「お前、言葉分かるのか？」

「フンッ」

微妙な反応をするな、分からんだろ。

「でもまあ、待っててくれ。いきなりいなくなったりはしねぇから」

「……フンッ」

分かってくれたっぽい……か？

午後はまたギルド出張所に行き、ダンジョンの情報収集をする。

子狼は俺の頭に引っ付いている。機嫌は直ったみたいだ。

受付は眼鏡エルフさん。男だったけどな！　イケメンだけどな！

お約束を知らんのか？　お約束をっ！　俺は一人、心の中で憤慨していた。

ギルドカードを出して、ダンジョンについて聞いてみる。

「資料室にあります。持ち出しはできませんので、必要ならメモをお願いします。鍵を持ってきますので、少々お待ち下さい」

眼鏡イケメンエルフに鍵を開けてもらい、資料室へ入る。狭いけど結構な量の本があった。

「こちらにある本は全て閲覧可能ですので、ご自由にご覧下さい。出張所は夕方に閉まります。何かありましたら受付までお越し下さい。では、ごゆっくりどうぞ」

くっ、マジイケメンだぜ。

さて、ダンジョンについて分かった事は、次のような内容だった。


首都アライズの南東に位置する、平原型の中級ダンジョン。

一般的に、アライズ中級ダンジョンと呼ばれる。

階段の位置が、二十四時間でランダムに変わるため、探索に時間を要する。罠はない。

五十階層あり、五階層毎にボスが存在する。階層ボスはランダム。

五十階層のボスのみ固定で、レッサードラゴン、レベル50。

属性竜の下位種だが、爪、牙、尻尾による攻撃、硬い鱗(うろこ)は脅威。ブレスの広範囲攻撃には要注意。

平原型ダンジョンのため中～大型魔物が多く、初級ダンジョンと違い、階層毎の魔物の種類が同一系統ではない。

出現魔物の系統はボア系、ベア系、ホース系、ミノタウロス系が多い。グリフォン系、ワイバーン系が出たとの証言もある。


「……ふぅ。こんなもんかな」

体を伸ばし肩や首をコキコキ鳴らす。

子狼は俺の膝の上で寝ていた。まだ二十分も経っていないのだが……。

ほら行くぞ、と子狼を起こすと、俺の頭によじ登り、再び眠りに就く。

「すぴー」

「このやろう……」

まあいいか。資料室を出て受付へ。

「おや？　早いですね。もうよろしいのですか？」

「あ、はい。資料室、ありがとうございました」

「いえいえ、どうぞ、またお越し下さい」

ぺこりと挨拶してギルドを出る。

頭を下げた時、子狼は俺の頭からびくともしなかった。おい、お前……起きてるだろ？

「っ……すぴーっ」

俺はギルド出張所の横にある商店に入り、食材を買い、宿屋に戻った。

食堂から声がするので覗いてみると、今朝のお姉さん達が集まっていた。

俺は子狼を頭から引っぺがし、お姉さん達の真ん中に放り込む。

「……ワンッ!?」

不満そうな目で見ても駄目だぞ。もみくちゃにされるがいいっ!!

俺はニヤリと子狼に笑いかける。

「……ワフッ!?」

子狼はお姉さん達に隠れて見えなくなった。

俺は部屋に行き、ソウシ先輩からもらった、双方向通信が可能な魔道具を使う。

ツーツー……ガチャ。

『おう、どうした？』

「……出るの早くないですか？」

『おう、どうした？』

「無視っ!?　……もう、いいや。先輩、スノウホワイトウルフって知ってます？」

『おう、超レア種だな。狩ったのか？　素材なら高値で買うぞ？』

「いや、その子狼に懐かれたんですけど」

『……は？』

俺は子狼と出会った経緯について説明した。

『分かった。じゃあマサシにも情報がないか、聞いておくわ』

「はい、よろしくお願いします」

これでよし、と。

ソウシ先輩との通信を終わらせ、明日からのダンジョン探索の準備をする。と言っても、『アイテムボックスEX』内を確認するだけだ。

食料もさっき買い足したし大丈夫かな？　ダンジョンには転送陣もあるみたいだし、足りなければ買いに戻ればいい。

中級ダンジョンには、転送陣がダンジョン入口と十階層毎にあるらしい。自由に使えて、前回使った転送陣に移動できるとか。

さて、そろそろ夕食かなあ、と食堂へ行く。

子狼は、もみくちゃにされてはいなかったが、ぐったりしている気がした。

「スンスンッ！」

「……ブフッ！」

俺を見つけた子狼は、ジャンプして、俺の顔にしがみついてきた。飛び込んでくるのはいいけど顔はやめてね、まったく……。

顔から引っぺがし、頭に乗せ直した。

俺はお姉さん達に感謝する。

「面倒みてくれて、ありがとう」

「ああ、気にしなくていいよ」

「……で、こいつを預かってもらう報酬なんだが、一日金貨一枚。あんたら五人だから金貨五枚。こいつの飯代は別途。どうだろう？」

「えええっ!?　多いっ、……多いからっ!!　というか、御使い様の面倒をみるのに報酬なんていらないから」

「いやいや、こっちが頼んでいるんだ。報酬は出して当然だろう？」

「……ああ、人族ならそうかもしれないね。でもアタシ達からしてみれば、御使い様に関わる事は凄く名誉な事なんだ。だから報酬なんていらないわよ」

「んんん……でもなぁ」

「じゃあ、アタシ達の宿代と御使い様の食事代でどうかしら？」

「……はは、分かった。じゃあそれで頼むよ」

契約成立。これで、ダンジョンに向かう準備は整ったな。

◇　◇　◇

「――ふっっっ!!」

魔物の左腕の薙ぎ払いをかわし、俺は刀を振り下ろす。五階層ボスは、魔石を残して消えた。

「中級だと、五階層でも一撃じゃ無理か……」

俺のステータスに、武器がついていけないんだよなぁ。

素手はもっと接近しなきゃいけないから、おっかないし。

うん、首都の次は旧ドワーフ国で、装備を更新するか。

それまでは、『アイテムボックスEX』の機能でひびや刃こぼれ程度なら直せるし、『マグナム』を強めに調整すれば大丈夫だろう。

しかし平原型ダンジョンは広いな。『マップEX』のおかげで階段はすぐに見つかるけど、距離があるし、見つけづらいところにある。

『マップEX』がないと、かなり面倒臭いぞこのダンジョン。

ちなみに、階段の周りが安全地帯になっているので、冒険者はここで野営をするのが一般的なんだそうだ。

二十四時間で階段の場所が変わるみたいだけど、人が近くにいる間は例外だという。

五階層の階段周りには、ボス戦後の冒険者がそこそこいたので遠慮して、六階層の階段まで魔物を蹴散らしながら進む。

ちょうど誰もいなかったので、今日はここで野営する事にした。

目立たない、かつ人が近寄らなさそうな場所に陣取り、念のため『結界』を展開。

匂いと音を漏らさないだけでなく、今回は擬態の効果も付けてみる。

認識阻害の方が良いのかな？　よく分からんが、両方付与しておこう。

人目も音も匂いも気にせず、ジュージューと、肉や野菜を焼いていく。

焼肉のタレを入れた小皿と、タレと豆板醤を入れた小皿を準備。

スープとごはんは、宿屋で作ってもらった物を『アイテムボックスＥＸ』から出す。作りたてのホカホカだ。

さらにタブレットでキムチのパックを購入。そして、ビールを魔法で冷やしてジョッキに移した。

準備完了だ。一人焼肉ならぬ一人バーベキューだな。

……うん、一人で野営って感じがまったくしないな。


「ふぅ、ごちそうさま」

満腹になった俺は、タバコに火を着けた。

「すぅ……ふぅ～」

食後の一服をしてからテントに入る。

「子狼はどうするかなぁ」

先輩からマサシに話が行っているから、情報は出てくるだろう。面倒な話にならないと良いなぁ。

まあ、いいか。面倒を言ってくるようだったら、エルボー三連打からのローリングエルボーで黙らそう。うん、そうしよう。


翌日。十階層のボスは、ジャイアントビッグボア、レベル10だった。

ジャイアントとビッグは同じ意味じゃないか？

っ～か、でかいっ!! 日本の一軒家くらいあるんじゃないか？

呆れと驚きで俺がフリーズしていると、ジャイアントビッグボアが突っ込んできたので、『縮地』でかわす。

これは刀じゃ無理か……ダメージになる深さまで切れないだろう。

俺は距離を取り、『マグナム』を放った。

命中するが、あまり効いたようには見えない。

また突っ込んでくるので、今度は『転移』で後方に回り、『マグナム』を五発。

全て命中するも、効いている様子はまったくない。

雷属性は効くと思うんだけどなぁ。結構強めに調整したけど駄目か……。

なら、『カイザーフェニックス』だ。

ゴォオオオッと燃え盛る炎の鳥が、ジャイアントビッグボアに突っ込んだ。

しかし、当たった箇所が少し燃えただけだった。

さて、どうするか。ステータスに任せての最大威力の魔法は、おっかないからあまりやりたくないんだよなぁ。

デカい奴に効きそうな攻撃方法……。

良い案が浮かばず、結局蹴っ飛ばす事に決めた。

あんなデカい奴に近付くのか……やだなぁ、怖いなぁ。

突進を『転移』でかわし、ジャイアントビッグボアの後方へ。

後方の俺に気が付いて振り向いた時、ジャイアントビッグボアの顔に『縮地』で近付き、全力の右足で蹴り飛ばす。

ドゴンッッッ‼

ただの蹴りとは思えない音を響かせ、ジャイアントビッグボアが吹き飛んだ。

ズズンッ……。

地面に横たわったジャイアントビッグボアの首は、あらぬ方向に曲がっており、やがて魔石を残して消えていった。

「ふぅ……面倒臭かった……」

大型の魔物が多いって資料にはあったけど、予想以上だな。

これは早急に、新しい武器と魔法の開発が必要だな。

俺は中二的な考えにニヤリとしながら魔石を回収し、階段へと向かった。

十五階層のボスは、レッドヘルム、レベル15。

『転移』で背後に回り、後頭部に蹴りを叩き込む。

レッドヘルムは魔石を残して消えた。

っ〜か、しっかり後頭部も守ろう。帽子みたいな形のヘルムは、後ろが無防備だったよ。

魔石と一緒に宝箱がドロップ。中身はレッドヘルムだった。

イラッとしたので、『鑑定』する前にチョップで叩き割った。後悔はない。


二十階層のボスは、フレイムホーンホース、レベル20。

赤い角を持つ、赤くてデカい馬……全身熱そうだな。

蹴るのはやめとくか、と考えていたら、フレイムホーンホースが角から炎を噴出させ、突進してきた。

サッとかわして俺が振り向くと、フレイムホーンホースはそのまま前方にある大きな岩に突っ込み、赤い角が岩に刺さっていた。

角からさらに炎が出て、角の周りの岩が溶け出す。

マジか……あの炎、どのくらい高温なんだ？　危ねぇな……。

岩を溶かし角が自由になり、こちらを振り向いたところに『マグナム』を角に撃ち込む。

ズドォオオオォッン!!

「……あっ……やっぱ爆発するんだ」

岩が溶けるくらいだから、一千度前後はあるのだろう。そこに水属性魔法を当ててやれば、水蒸気爆発が起こるのは必然。

しかし予想より爆発が凄かった。爆発するかは半信半疑だったけど、念のため『結界』を展開していて良かった。

フレイムホーンホースは魔石と宝箱を残して消えた。魔石を回収して宝箱を確認。

フレイムホーン：炎の魔力を宿したレア素材。加工する事で貴重なアイテム・武器・防具になるため、高値で取引されている。

ふむ、『火』じゃなくて『炎』なんだな。加工すると、例えば武器なら炎の魔剣ができる。

その魔剣は、魔物の水属性の攻撃を受けると水蒸気爆発……？　よし、売ろうっ！

二十五階層のボスは、ボースタウルスレクス、レベル25。
牛の王……かな？　つか何故ラテン語？　洒落てんなおい！
名前に王と付くだけあって、デカい。
ジャイアントビッグボアと同じくらいだし、とりあえず蹴っとくか。
「ブモォオオオォッ!!」
突っ込んできたボースタウルスレクスの背後に『転移』。
ボースタウルスレクスが振り返ろうとしたところを、カウンター気味に蹴り飛ばす。
ドゴンッ!!
巨体が吹き飛び、崩れ落ちる。まだ一撃だな。
ボースタウルスレクスは、魔石と宝箱を残し消え失せた。
魔石を回収して、宝箱を開ける。

ボースタウルスレクスコルヌ：加工は難しいが素材としてかなり優秀。同系のバイソンホーンより希少なため、高値で取引されている。

とりあえずこれは取っておくか。

一軒家くらいデカい牛だったのに、宝箱に入る程度の、小さな角になるんだな。

フレイムホーンもそうだったか。


三十階層のボスは、ブラックミノタウロス、レベル30。

身長は三メートルくらい。黒い肌で、見ただけで分かる強靭な肉体だ。

そんなミノタウロスが、ポージングしながら出てきた……。バカにしてんのか？

イラッとしたので懐に『縮地』で飛び込み、ポージング中で無防備な顎に、跳び膝蹴りを決めて沈めた。

ブラックミノタウロスはそのまま魔石を残し消滅。今回は宝箱は出なかった、残念。

「普通に戦ったら強そうだったけどなぁ……」

普通のミノタウロスじゃなくて、『ブラック』だし。

奴の敗因は、ポージングしながら登場した事だな、うん。

そういえば二十五階層のボスも牛だった。

次はブルとかバイソンかな？　……全部、牛だけどなっ!!

一人ツッコミを入れつつ、魔石を回収して下の階層へ進む。

三十五階層のボスは、イグラーガリーラ、レベル35。

針ゴリラ……今度はロシア語か。

これはアレだな、きっと『鑑定ＥＸ』先生が遊んでるんだな。

なんてアホな事を考えていると、イグラーガリーラが丸まって飛んできた。

「……っ⁉」

咄嗟に『転移』でかわす。ちょっと危なかった。

外側の体毛を針にして丸まり、飛んで攻撃か。

どう攻撃するかねぇ。あの針、結構硬そうだし魔法も効きにくそうだな。

「……っ⁉」

危ねぇ、今度は針を飛ばしてくるとは。とりあえず『マグナム』っ！

丸まって防御された。

あの針、武器なだけじゃなくて鎧でもあるわけか。

ただ、水は弾いても電気は通ったようだ。一瞬動きが止まったぞ。

俺は雷属性を強めにして『マグナム』を撃つ！

バリイイイィッ‼

動きが止まった瞬間、『縮地』で間合いを詰めて、刀を針のない内側に突き刺し、さらに雷属性魔法を流し込む。

バリィイイイィッ‼

刀を抜き「どうだっ!?」と様子を見ると、イグラーガリーラは口や鼻から煙を出しつつ倒れ、魔石と宝箱を残して消えていった。

魔石を回収して、宝箱を確認。

イグラーガリーラの皮：防具の素材として優秀で、そこそこ高値で取引されている。ただし見た目が痛そうな防具にしかならない。

『針ゴリラの皮』じゃなかったな。これも売るか……。

四十階層のボスは、グリフォン、レベル40。

グリフォンは出てきてすぐに飛び上がり、俺の頭上で旋回し始めた。

「戦いづらいな……」

上を取られるのは嫌だ。ワイバーンの時は遠距離だったし。

『転移』でグリフォンから距離を取り、『マグナム』を撃つ。

「クエェエエエェ」

……鳴き声、クエェなんだな。予想外。

じゃなくて、後ろから撃ったのにかわしやがった。もう一回『転移』、『マグナム』。

これもかわされた。う～ん、どうすっか？

「クエェエエェ」

「……」

なにドヤってんだ、この野郎っ!!

ズガァアアンン!!

イラッとしたので、俺は『ギガディン』でグリフォンを撃ち落とした。……ふん。

俺がドヤ顔を決めたところで、グリフォンは魔石と宝箱を残して消えた。

さて宝箱の中は何かなぁ～。

グリフォンの羽：風の属性を持つ素材。よく装飾品に加工される。非常に希少なため、かなり高額で取引されている。

うん、ＲＰＧの定番っぽい素材だな。使えそうだから取っておこう。

この素材で何ができるかなぁ～、と考えながら次の階層へ。

四十五階層のボスは、ワイバーングラウィス、レベル45。

遠目でボスを見る。『グラウィス』をタブレットで調べると『重い』。

え～っと『重翼竜』でいいのかな？

前に倒したワイバーンよりかなりデカい。

とりあえず、雷属性強めにして『マグナム』‼

ズドォォオオッン！

あんまり効いてないな。

「ギィアアァァアッ‼」

あ……怒った。

ワイバーングラウィスは俺を捕捉すると、大きく息を吸い込んだ。

「……やべっ」

ズドォオオオオッン‼

ワイバーングラウィスがブレスを放ち、俺がいた場所は爆発して、地面が大きく抉れていた。

俺はワイバーングラウィスの後方、距離を空けた場所に『転移』済みだけどな。

「ギィアアァァアッ‼」

ワイバーングラウィスは左右に首を振っている。どうやら俺を探しているみたいだ。

俺はその間に魔法の準備をする。

ヒントは魔法銃。

『マグナム』は魔法を撃ち放つだけだった。本来の銃は、弾丸に螺旋の力を加えて貫通力を高めているのだ。
俺は指先に『マグナム』を圧縮して、小さな魔力の弾に変化させ、螺旋の力を加えた。
イメージは対物ライフルである。
ワイバーングラウィスがこちらに近付いてきた。
「……これで……どうだっ!!」
ズドンッ!!
魔力の弾丸は紅い光の帯を残し、ワイバーングラウィスの頭を撃ち抜いた。
ワイバーングラウィスは鳴き声もなく、その場に落下し、魔石と宝箱を残し消滅した。
「……よし！」
俺は小さくガッツポーズをし回収に向かった。
新魔法と言うよりは『マグナム改』なんだけど、やっぱ『ライフル』かなぁ。
さて、宝箱は〜っと。
ワイバーンだったから肉が良いな、なんて思いながら、カパッと宝箱を開ける。

ワイバーングラウィスの皮：ワイバーン通常種より丈夫で、革防具への加工に適している。グラウィスの名前に反しとても軽い。かなり高額で取引されている。

おおっ、有能っ‼　取っておこう。肉じゃないのは残念だが十分だ。

ホクホクした俺は、階段付近で野営する事にした。

明日には、最深部の五十階層に着けるな。

『マップEX』で見ても、ここまで隠し部屋やモンスターハウス的なところはなかった。

五十階層は何かあるかな……あると良いな。魔石や素材はガッツリゲットしたから良いけど。

そういえば、グリフォンやワイバーンが出ることは少ないって資料にあったけど、俺が倒したワイバーンは亜種だったたな。運が良かったのか。

俺は魔導コンロに火を着けた。

今日はフライパンで、肉多めの野菜炒めを、ちょっと味濃いめに作る。

ほかほか白米を『アイテムボックスEX』から出し、お湯だけで作るインスタント味噌汁をタブレットで購入。ついでに、小パックのタコわさと塩辛も購入した。

魔法でキンキンに冷やした中ジョッキに、ビールを注いで……夕飯の完成だ。

「……ンク……ンク……プハァッ……うまっ」

危うく「ルービーまいう～」と言ってしまうところだった。

味の濃い野菜炒めは、酒を飲みながらだと堪らん。

タコわさ、塩辛も安定したうまさ。味噌汁はインスタントだけど十分だ。

「ごちそうさま」

一人飯を終えて、食後のコーヒーを飲みながらタバコに火を着ける。

「ふぅ」

旧ドワーフ国の首都に行ったとして、全力で使っても壊れない丈夫な装備を作るとなると、素材はミスリル、アダマンタイト、オリハルコンとかが、ファンタジー世界的には定番かな？

タブレットで調べてみる。

あ、やっぱりあるんだ。どれも希少なんだな。

となると、先に素材集めした方が良いか。いや、武器屋か鍛冶職人のところ行くのが先だな。

「……寝よう」

タバコの火を消し、コーヒーを飲み干した。

『アイテムボックスＥＸ』から枕を取り出し、寝る準備だ。

そう……マイ枕である。数日前の野営中に突然思い付いたのだ。

タブレットで枕、買えるんじゃね？

結果、さらっと買えました。

日本で使用していた枕と同じ物が売っていたので即購入。

枕が変わると寝れない、なんて事はないが、やはりマイ枕は良い。

「……準備ＯＫ！　寝よ寝よ」

うむ、この枕のジャストフィット感。よく眠れそうだ。

五十階層のボスは、レッサードラゴン、レベル50。
ワイバーングラウィスよりは小さいが、それでもデカい。
とりあえず挨拶代わりに、俺は『マグナム』を雷属性強めで撃った。
鱗で弾かれた。雷もあまり効果は無いようだ。
「ギィアアァァオォオッ」
ズシンズシンとこちらに近付いて来る。次は『ライフル』だ。
ガンッッッ!!
頭を狙い撃つと、ドラゴンの頭は首ごと後方へ吹き飛ば……なかった。
ドラゴンは俺を睨み付けてくる。少しは効いたみたいだけど……うん、お怒りだ。
「ギィアアァァアッ!!」
鳴き声の後に大きく息を吸う。ブレスの準備か、口元に魔力が集まっていく。
そして、広範囲に渡り、ブレスが吐き出された。
俺は『転移』でレッサードラゴンの後方へ跳び、『ライフル』を三連発。
ガンッッ、ガンッッ、ガンッッッ!!
レッサードラゴンの後頭部に着弾するも、少し前のめりになる程度。
うーん、『ライフル』をもう少し弄るか。

俺のいた場所はブレスによる爆煙でよく見えないが、レッサードラゴンは構わずブレスを撃ち続けている。

俺はまた、『転移』でレッサードラゴンの後方へ。

レッサードラゴンがこちらに振り返り、ブレスを吐いた。

鳴き声が変わった……キレたのかな？

「グルゥアアァアアァッ!!」

「ん？」

「グルゥウゥ」

俺はその間に『ライフル』を強化。土属性魔法を使って弾丸を形成、これでもかと圧縮する。

圧縮した弾丸に、硬化・貫通属性・衝撃耐性・雷属性を付与して、準備完了だ。

「グラァ……」

レッサードラゴンはブレスを吐き終え、爆煙が晴れた場所を見ていた。

顔は見えないが、きっとドヤ顔をしているのだろう。

俺はその後頭部に狙いを定めた。

「狙い撃つぜぇっ！」

ドンッッッッッ!!

弾丸は後頭部を撃ち抜き、レッサードラゴンは前のめりに倒れ、魔石と宝箱を残し消滅した。

……よし。グッと腰の辺りで右拳を握る。

やはり遠距離戦闘が安全だな。近接戦闘なんか怖くて無理。

「さて、回収回収〜」

ワイバーングラウィスより小さかったのに、一回りデカい魔石を回収。宝箱はっと〜。


竜素材（小）セット：竜皮（小）、竜牙（小）、竜爪（小）、竜角（小）、逆鱗（小）、竜鱗（小）×5、竜肉×10

何だ、このお徳用パックみたいなの。

レッサーだから『小』なのか。上位の素材は『龍』になるみたい。へぇ……。

俺は素材を回収して『マップEX』を確認。

『魔力感知』もリンクさせるが、隠し階段、隠し部屋、隠しスイッチはなかった。

ボスを倒しても転送陣が出現しただけ。特典はなさそうだ。

タブレットで時間を見ると、夕方を過ぎていたので、今日はここで野営する事に決めた。

翌朝、転送陣を使い一階へ行き、ダンジョンを出て宿場町へ帰還する。

宿に入ると、子狼が顔に飛び付いてきた。

「……ぶふぅっ」

予想はしてたが、やけに首にズシッとくる。俺は子狼の首根っこを掴んで引っぺがした。

「……太った？」

「ワフゥッ!?」

明らかに丸くなった。まあ、こっちの方がカワイイ……か？

「ごめん、食べる姿がカワイくて、食べさせ過ぎた……」

預けたお姉さん達がこちらに来て告げた。

「ああ、別に構わないよ。それより費用を払うから金額教えてくれるか？」

「ああ、分かった。後で纏めて、夕飯時に知らせるよ」

「よろしく。んじゃ俺達は～っと……」

俺はチラッと子狼を見る。

「ワフッ？」

「お前の運動だな」

「ワフゥッ!?」

子狼を連れて、ダンジョン一階層でトレーニングだ。

翌朝、冒険者のお姉さん達に挨拶してから、宿場町を発った。

皆、子狼との別れを惜しんでいた。というか、付いてこようとまでしたので、さすがに俺も思い止まらせた。

首都アライズには、数日で到着した。

その間、子狼には運動（狩り）をさせて、レベル上げとダイエットを同時進行。

首都に着く頃には元の体型に戻っていた……いや、少しだけ逞（たくま）しくなったかも。カワイイのは変わらない。

検問もすんなり終わり、あっさり首都に入れた。

……人が多いっ!!

ルセリア帝国の皇都より多いんじゃないか？

俺は子狼を頭に乗せ、大通りを歩く。

道行く人が、俺の頭上に注目している。

多くの人は二度見するくらいだが、ある女の子は近くまで来て、子狼をガン見していた。

母親が連れていってくれたけど、女の子は手を引かれながらも、ず～っと子狼を見ていた。

「……はぁ。宿でも探そうか」

近くの雰囲気が良さそうな宿へ入店し、カウンターへ向かおうとすると、呼び止められた。

「いらっしゃいませ。こちらの宿は人族の方のみ、ご利用可能となっております。大変申し訳ありませんが、従魔は一緒に泊まれません」

そう告げたのは、白髪をオールバックにして、丸眼鏡をかけ、口髭に燕尾服の老紳士だった。

「あぁ、そうなの？」

「隣の宿でしたら、従魔もご一緒に宿泊が可能です。大変申し訳ありませんが、そちらへお願いできますでしょうか。姉妹店ですので、サービスもさせていただきます」

「……いや、別にサービスは普通でいいんだけど」

「申し訳ございません。察していただけると……」

俺は周りを見渡して、複雑な理由があるのだと理解した。

「いや、うん、分かった。姉妹店は出て右？　左？」

「ありがとうございます。出て左の建物が、姉妹店の宿となっております」

「どうもありがとう」

「……ありがとうございました」

深々とお辞儀をされて、送り出された。

あれだけ丁寧だったからな……気分は悪くなっていない。

なんて考えながら、隣の宿へ入店した。

「いらっしゃいませ。お泊まりでしょうか？　お食事でしょうか？」

「泊まりなんだけど、こいつも一緒で大丈夫？」

俺は子狼の両脇を掴んで、スタッフの前に差し出す。

「スノウホワイトウルフ……それも子供とは珍しい。あ、すみません、大丈夫ですよ。お一人様用のお部屋でよろしいでしょうか？」

「はい」

俺が同意すると、早速部屋へ案内され、説明を受けた。

「何かございましたら、そちらの通信魔道具で、受付までご連絡下さい。では失礼致します」

スタッフが退室した。

日本の高級ホテルみたいだな。とりあえずベッドに横になる。

おお、フカフカだ。ちょっとお高い宿だったけど、正解だったかな？

しかし、隣の宿は人族専用って言ってたな。亜人達の国なのに差別があるのか？

それとも、外国の、そういう差別意識を持った国のお偉いさんが来るからか？

ま、そういう輩(やから)と別の宿になったからいいか。

ちなみに隣の宿から連絡が入っていたみたいで、食事代はサービスされた。

「よっ……と。チェックインできたし、首都の散策といくかっ！」

「ワンッ！」

ベッドから起き上がり、冒険者の服から普段着に着替えた。

子狼を頭に乗せ、部屋を出て鍵を掛ける。

この宿はカードキーを使っていて、カードをレバーハンドルに近付け、カードに少量の魔力を通すと、鍵が掛かる魔道具を使用している。

この異世界では、ほぼ全ての生物が魔力を持っている。

魔法の得手不得手はあっても、このカードキー型魔道具を使えない人は少ないみたいだ。

でも以前、ごく稀に、魔力を持たない人もいるみたいな話を聞いた。確か、生活魔法を教えてもらった時か。

後で聞いてみると、その場合は、宿の従業員が代わりにやってくれるらしい。今のところ、一度も魔力なしの人は来店していないそうだが。

カードキーを受付に預け、外出を告げる。

「いってらっしゃいませ」

宿っていうより、もうホテルだな。

首都中央部の大きな建物を見上げる。

近くまで来て分かったが、この建物、どこかの県庁にそっくりだわ。建設に絶対日本人が関わってるな。

俺は中には入らず、首都の案内図を見る。

冒険者ギルド……はいいや。商人ギルドは……ここか。

商業区はこっち。おっ、ベルウッド商会があるな。素材はこっちに持っていくか。

図書館、図書館……あった。図書館の隣は資料館か。よし、とりあえず商業区だな。

商業区へ移動する間、多くの視線を感じた。俺が見られていたわけではないが、若干うんざりである。

「やっぱ目立つな、お前」

「ワン……」

まあ頭に乗せてれば、遮るものもないしな。

商業区に入ってすぐのところで、鞄屋さんを発見した。

良い感じのショルダーポーチがあったので、購入して即、肩に掛ける。

「こん中、入ってろ」

「ワンッ！」

子狼は頭だけ残して、ポーチの中に入った。

ポーチから出た子狼の頭は、俺の胸の辺り。意外に収まりも良い。

「ん、ちょうど良いな」

「ワンッ！」

再び歩き始める。

ベルウッド商会のアライズ支店に入り、買取カウンターへ向かった。

受付に兎耳のお姉さんがいたので、ギルドカードを差し出す。

「買取、いいですか？」

「いらっしゃいませ、大丈夫ですよ。こちらに置いて下さい」

「あ〜、結構量あるので、ここだと難しいかも」

「では、商談スペースに大きい机がありますので、そちらに行きましょう。どうぞ、こちらへ」

「すみません、お願いします」

商談スペースへ移動する。

「では出していただけますか？」

「じゃ、出しますね」

ドサドサドサドサドサッと、俺は『アイテムボックスＥＸ』からダンジョンの戦利品を出した。

もちろん、ダンジョン下層ボスの魔石や素材は出していない。それらは後で、俺の装備に使う予定だ。

「……っ⁉ これは……確かに多いですね。魔石もこんなに。魔石はギルドの方が高く売れると思いますが、よろしいのですか？」

「構わないです。お願いできますか？」

「畏まりました。ただ査定にお時間が掛かりますので、この量だと……そうですね。二時間ほどお待ちいただけますか？」

「分かりました。ゆっくり昼食でも食べてから、また来ますね」

「はい。では預り証を作成してきますので、少々お待ち下さい」

兎耳お姉さんはパタパタと商談スペースから走っていった。……足、速いな。

「お待たせしました、預り証です。ギルドカードもお返しします。精算時にまたお出し下さい。ではまた後程」

「はい、よろしくお願いします」

預り証とギルドカードを受け取り、俺はベルウッド商会を出て飲食店を探す。

時間はお昼前だが、お客さんが並び始めているお店を発見した。

出入口にいた猫耳ウェイトレスさんに、「こいつも一緒で大丈夫ですか？」と、頭だけ出した子狼を見せてみる。

「大丈夫ですよ」と笑顔で返されたので、そのまま列に並んだ。

二十分ほどで俺の番になり、席に通された。

日替りランチと、肉料理を単品で注文。日替りランチはパスタ、スープ、サラダのセットで、パスタはかなりのボリュームだった。味も文句なくうまかった。

肉は子狼にあげると、ペロリと平らげていた。ちょっと味見したかったのに……。

「ワンッ！」

満足そうで何よりです。

店を出て、人から見えない建物の陰から、街の外へ『転移』する。

子狼をポーチから出してから、タバコに火を着けて食後の一服だ。

スパァ～と煙を吐く。

この後は商会に行って精算して、商業区を回って、ダンジョンで減った食材の補充だ。武器屋とかも見てみるか……。

図書館とかは明日でいいかな。そして歓楽街を探さねば。

そうなると、やっぱり図書館と資料館は明後日だな。

「査定が終わるまで、後一時間くらいあるな。ふぅ……」

タバコの煙を吐き、タブレットで購入した缶コーヒーに口をつける。

子狼には、犬用ミルクを購入した。

「……ふぅ」

商会に行ってから、時間を潰すか。

タバコの火を消し、再び『転移』で商会の近くへ。商店内に並ぶ品物を順に物色するも、目ぼしい品はなかった。

そこそこ時間が経ったので、商会の受付へ向かう。商談スペースへ通され、紅茶をいただいた。なかなかうまい。

紅茶を飲みながら子狼と戯れていると、「失礼します」と、兎耳お姉さんが入室してきた。

「お待たせしました。こちらが査定額と、その明細になります。ご確認下さい」

俺は書類を受け取り、さらっと流し見た。

「これで構いません。お願いします」

「畏まりました。ではギルドカードをお預かりします」

ギルドカードを渡すと、兎耳お姉さんが席を立つ。

「入金処理をして参りますので、少々お待ち下さい」

兎耳お姉さんが退室したので、再び子狼をモフる俺。

「お待たせしました、カードをお返しします」

戻ってきたお姉さんからカードを受け取り、席を立つ。

「この度は良い取引をありがとうございました。今後も先代共々よろしくお願いします」

「……知ってたんですか？」

「いえ。ただ黒髪、黒目の方は珍しいのでもしや……と思い、ベルセの本店に問い合わせたところ、トーイチ様で間違いなかったと……」

「……内緒ってワケじゃないですけど、あまり広めないで下さいね」

俺は右手の人差し指を、口の前に持っていった。

「……ふふっ。畏まりました」

兎耳お姉さんはしっかりと頷いてくれた。

「それじゃ、失礼します」

商会を出た俺は、近くの店を見ていく。

「屋台も結構出てるな～」

「ワンッ！」

串焼きや、スープ、パンなどを、『アイテムボックスＥＸ』にさくさく入れていく。

どこかで見たような、エルフの八百屋も発見した。エルフの野菜はうまいからな……買いだな。

「へいらっしゃっいっ!!」

イケメンが台なしである。

野菜をゲットしたら、肉屋も発見した。

ネグラセルドなる、ちょっとお高い肉が置いてある。『鑑定』すると……なるほど、黒豚か。

あぁ、魔物なのね……とりあえず買っておこう。

他の肉もたっぷり買っておく。米は宿で炊いてもらうか。

次に、武器防具屋を見て回る。

やっぱりドワーフの店が、一番品揃えが良かった。ただ、俺には少し重そうなのでパス。

軽めの武具となると、エルフや獣人の店の方が揃っていると、親切に教えてくれた。

「そうだなぁ……防御力と軽さの両方ってぇと、素材持ち込みのオーダーメイドだな」

ドワーフの親方が言う。

「鉱石ならオリハルコンが最高。次点でミスリル。アダマンタイトは硬いが、重過ぎてダメだ。魔物の素材なら龍素材。次点で竜素材だな」

「武器も、今挙げた素材なら良い物になる。ちなみに儂（わし）の腕じゃあ、最高の物は無理だな。満足いく物にはならん」

「自分で言っちゃいますか……」

「ガッハッハッ！　儂はもともと冒険者じゃからな。引退してから鍛冶師になったから、プライドなんぞあってないようなもんだ」

「なるほど」

「旧ドワーフ国首都になら、良い鍛冶師は腐るほどいる。オーダーメイドはそっちの方が良い。この店にあるのも、ほとんど取り寄せた物だしな」

「なら旧ドワーフ国に行ってみますね。ただ、せっかくなんで何か買っていきます」

「おぉそうか、すまんな。適当に見てくれて構わんからな」

店内には、固そうな十五センチの鉄杭があったので、二十本ほど購入して店を出た。

獣人の武器防具屋には、犬耳のオッチャンがいた。

武器は、スピード重視の軽めの物か、パワー重視の重めの物、両極端な武器が揃っていた。

防具は、急所を守るだけの簡単な作りの物が多かった。

犬耳のオッチャン曰（いわ）く、獣人は武器防具がなくても戦えるらしい。脳筋だな。

なので獣人には、ステータスアップ系のアクセサリーなど、装飾品の方が人気らしい。

この店にも装飾品は置いてあったが、『鑑定』した感じ、微妙な物が多かった。旧獣人国の首都なら、もっと良い物があるそうだ。

「売り物より上級ダンジョンの方が、より良いアクセサリーが出るぞ。旧獣人国首都と旧エルフ国首都の中間に、アクセサリーが出やすいダンジョンがあるみたいだぜ」

こんな情報もいただいた。

お礼にビーフジャーキーをあげたら、尻尾をブンブンさせて喜ばれた。オッチャンの尻尾ブンブンはカワイクねぇな……。

最後に、エルフの武器防具屋へ入る。

「いらっしゃいませ。ご用の際はお呼び下さい」

くっ、武器防具屋の店主もイケメンか……。

親方というよりマスターだな。八百屋エルフのような残念さはなかった。

武器は弓と細剣、魔法杖が中心。

防具はライトアーマーや、ローブなど魔法職用の物が中心だった。

ライトアーマーは良いかも……と思ったが、ちょっと防御力が足りない。

「我々エルフはあまり力が強くありませんから、軽さや魔力増幅が優先になりますね」

「なるほど」

「まあ偶(たま)に、大剣を振り回す方もいらっしゃいますが」

「いるんですか……」

「ええ。細身の美しい女エルフですが、身の丈ほどもある大剣を、軽々と振るっていました」

「怖っ」

手ぶらでは店を出づらかったので、敏捷アップのスカーフを買って外へ。

このスカーフは、子狼の首輪代わりに着けてやった。なかなか似合うじゃないか。

「ワンッ!」

その後、道具屋、魔道具店、装飾品店を見るも、目ぼしい物はなかった。

夕方になり薄暗くなってきたので、宿に戻りながら、裏通りをチラチラ見ていく。

食堂での夕食の後、コーヒーで一服してから辺りを見回した。

「……いた」

「ワフ?」

子狼を抱え、とあるテーブルに近付く。

「あの~、すみません」

「ん、何?」

「私らに用?」

そう、俺が探していたのは、獣人の女性のみで囲まれているテーブルだった。

俺は子狼の両脇を掴み、テーブルの上に差し出した。

「これから用事があるので、その間、こいつを預かってもらえませんか？」

「ワフッ!?」

「あら？　珍しい……御使い様じゃない。預かるって、どのくらい？」

「三〜四時間で戻ると思うんですけど……。ダメでしょうか？」

「そのくらいなら、預かっても良いわよ」

快諾されると、子狼はがっくりと肩を落とした。

「ワフゥ……」

「ありがとうございます。これお礼です」

俺はそう言って、金貨を一枚取り出す。

「いらないわよ、お金なんて」

「じゃあ、そいつのおやつ代だと思って、飲み物や食べ物でも買って下さい」

「そ、仕方ないわね。もらっとくわ。君が帰るまで、食堂かロビーで待ってれば良い？」

「あ、それでお願いします」

「ん、じゃあ預かるわね……モフモフね」

子狼は早速、獣人女性の胸元に抱かれ、モフられ始めた。

「ワフゥ〜」

「フフ……良い子ね……」

「じゃあすみません、よろしくお願いしますね」

そして俺は夜の歓楽街へ向かった……。

俺は賢者モードを抑え込み、宿へと歩く。

エルフがエ○フと言われるワケだ。薄い本が多い理由が分かった。

また来ます……。

宿に帰る前に、生活魔法の『洗浄』『乾燥』を使い、匂い対策はバッチリ。

宿の食堂へ行くと、さっきと同じテーブルに、子狼と獣人のお姉さん達がいた。

「お待たせしました。見ていただきありがとうございました」

「おかえり」

「ワフッ」

お姉さんと子狼が同時に返事をした。

「本当に助かりました」

「全然構わないわ。たっぷりモフれたしね」

「じゃあ部屋に戻りますね。おやすみなさい」

子狼を頭に乗せて部屋に戻ったら、パタンッとベッドに倒れ込み、デロンと寝っ転がる。

「ワフッ？」

「あぁ～……うぅ～」

ゾンビのような呻き声を出しつつ胸元で子狼をモフる。

「ワフゥ……」

「……寝るか」


翌々日の朝。

「……はっ⁉　一日経過してるだとっ⁉」

恐るべし賢者モード。頭の中で、しょうもない言い訳をしながら起き上がる。

「……ワフゥ」

賢者モードって移るのか？　隣で寝ている子狼を見て、さらにしょうもない事を考える。

着替えていると子狼が起きて、まだ眠そうにしながら近付いて来たので、一撫で。

「……よし、朝飯いくか」

「……ワン」

子狼を頭に乗せて食堂へ。おい、頭の上でデローンとすんなっ。

食堂には、昨日のお姉さん達がいた。

「おはようございます」

「おはよう。昨日は一日、顔を出さなかったわね。何してたのかしら？」

「ハハハ……疲れていたのか、ずっとゴロゴロしてました。そちらはどうですか？」

「……それ」

「ん？」

「口調……素じゃないんでしょ？」

お姉さんに言われて、俺は自然体で話すことにした。

「あぁ、そう？　じゃ、そうするよ」

「それでいいわ」

俺は改めて聞いてみる。

「で、昨日は何してたの？」

「昨日は冒険者ギルドの依頼で、首都近くに湧いた魔物の討伐。オークの集団でね、ちょっと面倒だったよ」

「オークの集団なんて珍しいんじゃゃ？　集落でもあったのか？」

俺がアライズに入国してから首都まで、オークの集団なんて見なかったぞ。

「討伐した後、その可能性も考えて周りも調査したのだけれど、何もなかったわ」

「ただ湧いたってのもおかしな話だな」

「そうなのよね。一応ギルドには報告しておいたし、何かあればまた呼ばれるでしょう」

話している最中に『マップＥＸ』を起動する。

首都周辺には魔物がパラパラいる程度で、集団で動いている魔物はいなかった。

「スタンピードの可能性は？」

「可能性はあるかもしれないけど、今のところ、予兆はないわね」

「そっか……」

「まあ私達ならオーク程度、どうにでもできるしね」

俺は思わず、疑うような顔をしてしまったらしい。

「フフ……私達はこれでもＢランク冒険者よ」

「なるほど」

そんな事を話しながら、朝食を済ませた。

食後にコーヒーを飲みつつ、今日の予定を話す。

「俺は図書館と資料館へ行く」

「あら、図書館と資料館は従魔は入れないわよ」

「えっ？」

「ワフッ⁉」

「貴重な物だらけだからね」

「そりゃそうか……」

言われて見ればその通りだよな、と納得。……でもあれ？　ギルド出張所でダンジョンの資料を見るときは、何も言われなかったぞ。

結局、子狼はお姉さん達に再び預かってもらい、一人でお出かけとなった。

図書館は見たような本ばかりだったので、さっさと資料館へ。

資料館は二階建てだった。

一階は受付を抜けると大きなホールで、過去の勇者の装備や歴史が記された石板など、博物館のようになっている。

二階には職員の事務室や資料室があり、一般の人はほとんど立ち入らないらしい。資料室はちょっと見てみたいな。

まず一階のホールに来た俺は、端から見ていく。

全てレプリカだったけど、どこかで聞いた事のある名前の武器防具だらけだった。

落ち着け、落ち着け。

多分だけど、日本人の転移者が、転移特典で手に入れた物なんだろう。

まったく、興奮してちょっと疲れたじゃないか。

しかし……武器防具コーナーは熱いなっ！

仕方ないんだ！　男子は皆、武器とか好きだからっ！

資料館を出て宿に戻る道中、焼き菓子の屋台があったので覗いてみた。クッキーかな？

「一袋下さい」

「あいよ！　銅貨二枚ね！」

早速食べてみる……うまいな。

「うまいですね。追加で五袋下さい」

「おっ！　ありがとね、銀貨一枚だよ！」

品物を受け取り、『アイテムボックスＥＸ』に収納して、再び歩き出した。

異世界製のお菓子か……今の屋台がうまかったのか、他のトコもうまいのか。もっといろいろ試してみようと思う。

まあ、タブレットで日本のお菓子をいくらでも購入できるんだけどね。

宿に戻ったら受付に寄り、鍵をもらった。

「お帰りなさいませ。獣人の女性から伝言を預かっております」

「……伝言？」

「はい。『昼食は外に行くから、御使い様も連れて行くわね』との事です」

「なるほど……分かりました。帰りはいつ頃になるか、言っていました？」

「いえ、特に聞いておりません」

「そうですか。俺は食堂で昼食を食べてから部屋にいますので、戻ったら教えてもらえますか？」

「畏まりました」

俺は食堂でランチをしてから部屋に戻り、『転移』で外に出て一服する。

終わったらベッドで横になり、タブレットでネットショップを閲覧。

そんな事をしているうちに、眠ってしまった。


ふと気付くと、カーテンの隙間からオレンジ色の光が漏れていた。

「夕方じゃん……」

そういえば呼び出しがなかったな。まだ戻ってないのか？

受付に行って聞いてみる。

「いえ、まだお戻りになってません」

「そうですか」

う～ん、仕方ない。

俺はロビーのソファーに座り、『マップＥＸ』を起動、子狼の位置を確認した。

お姉さん達もちゃんと一緒にいるっぽいが……。

「……詰所？」

何故か門の詰所にいるようだ。厄介事か？

仕方ない……行くか。

俺が詰所に着くと、ちょうどお姉さん達が出てくるところだった。

「お～い」

「あら」

「ワンッ！」

胸に抱かれていた子狼が、俺を見つけるとジャンプして顔にしがみついてきた。

俺は子狼を引っぺがし、頭に乗せ直す。

「いやぁ、入れ違いにならなくて良かった」

「よくここにいるって分かったわね」

「ああ、昼を食べにっていうのは聞いたからな。飲食店を回ったら詰所だろうって」

『マップＥＸ』で……とは言えんもんなぁ。

「なるほど」

「で、理由は聞いてないんだけど、何で詰所？」

「ポークレア王国の貴族がね、御使い様を寄越せって言ってきて。突っぱねたら護衛のヤツが奪おうとするから、ぶっ飛ばしたわ」

思ったより大事件に巻き込まれてたみたいだな……。

「向こうが剣を抜いたから、振りかぶったところで距離を詰めて、右ストレート一閃」

「うわぁ……」

俺は思わず声を出してしまった。

「で、アホ貴族がギャアギャア騒ぎ始めたとこで、衛兵さん達が来たっ感じね」

「コイツが原因かぁ。悪い事したなぁ」

子狼を頭に乗せたまま、俺は頭を下げた。

「悪いのはアホ貴族だから、気にしなくていいわよ」

「ワンッ！」

「じゃあ、晩飯くらいは奢らせてくれ」

「……いいの？」

「ああ」

「分かったわ。じゃ、宿に戻りましょうか。一番高いお酒、頼んでもいいかしら？」

「ワンッワンッ！」

「程々にな……」

しかしポークレア王国のアホ貴族ねぇ……絡んできたら面倒そうだな。

俺が子狼を連れている以上、遭遇したら間違いなく絡まれるだろう。

絡まれたら記憶がなくなるまでグーで殴ろう、そうしよう。

翌日、朝食の後。

俺は部屋に戻り、タブレットを見て新魔法や新技を検討していた。

四十歳を超えたおっさんなのに、考えるのが楽しくなってしまった。

「刀の技は格好良いよなぁ……」

タブレットを見ながら呟く。

「『剣術EX』があるし、今のステータスなら漫画の技もできるか？」

今度、魔物相手に試してみよう。

二刀流もできそうだよな。脇差しをゲットしたらやってみるか。

魔法は、無詠唱でイメージ通りに使ってるけど、全力はやっぱりヤバそうなんだよなぁ。一度、本職の魔法使いに見せてもらうのが良いかもな。

あと、大型の魔物相手に効果的な魔法は考えておきたい。

『ライフル』『マグナム』と来たら……。

「次は『ランチャー』かな……一応『キャノン』も作っておくか」

一先ず調整は後にして、魔力量とイメージを固定。

『マグナム』『ライフル』『ランチャー』『キャノン』の順で魔力量が強くなるよう、即時使用可能にしておいた。

「という理由で、キマイラ討伐、手伝ってくれないかしら？」

その日の午後。

俺は獣人のお姉さん達から、Bランクの魔物、キマイラ二匹の討伐の手伝いを頼まれた。

冒険者ギルドで、村をキマイラに襲われたという男から、直接依頼されたらしい。

俺としては、子狼の世話を頼んでしまった手前、非常に断りづらい。まあ、仕方ないか……。

「いいよ」

「ホントっ？」

「あぁ、コイツの面倒も見てもらったし、アホ貴族の件でも面倒かけたしな。報酬も出るんだろ？」

「それはもちろん……でも本当にいいの？」

「ああ。でも俺、Dランクだぞ？　いいのか？」

念のため確認しておく。

「フフ……あなた、相当強いでしょ？」

「っ！　何でそう思う？」

「獣人の……いえ、女の勘……かしら？」

「……何それ、怖い……」

「フフ……失礼ね」

女の勘、怖いわぁ～。

「では、依頼人と詳細の打ち合わせをしに行きましょう」

「ん～……俺は宿にいるよ。後で内容を教えてくれ」

「分かったわ。じゃあ行きましょう」

まあ、たまにはこういうのも良いか。新技、新魔法も試したかったしな。


夜。獣人パーティーの面々が依頼人との打ち合わせを終えて戻ってきたので、宿屋のロビーで話し合う。

「ただいま～。御使い様おいで～」

「ワフッ」

子狼もそれなりに懐いたみたいだな。

「お帰り。どうだった？」

「キマイラの居場所は、南東に馬車で半日にある村よ。移動用の馬車と、道中の護衛は準備済み。私達がキマイラ戦に集中できるように、との事みたい」

「道中の護衛がないのは楽だな」

「そうね。キマイラ戦の時は、他の魔物が乱入しないように配置するみたい」

「ワフゥ～」

俺達の横で、別のお姉さんにモフモフされている子狼。

「俺達はキマイラ戦はどう動くんだ？」

「私達が一匹倒すまで、あなたにもう一匹を引き付けてもらうのは可能かしら……？」

「キマイラとは戦った事ないけど、防御、回避に専念すれば多分大丈夫……別に、倒してしまっても構わんのだろう？」

「まあ倒せるのなら、それがベストかしら」

某名セリフをぶっ込んでドヤァしたが、華麗に流された。

まあ、元ネタを知らんだろうから仕方ない。うん大丈夫……俺は半泣きになどなっていない……。


翌朝、食堂で朝食を済ませ、北門へ向かう。

北門を出たところで、依頼主と護衛の冒険者、馬車の御者と待ち合わせしているそうだ。

門番の兵士さんに挨拶して門を出ると、すぐに依頼主達がいた。

「村が心配なので、すぐに出発させていただきます。よろしくお願いします」

話しかけてみると急かされたので、そのまま馬車へ乗り込む。

俺達が乗り込むのを確認して、馬車は動き出した。

依頼主は御者の隣、護衛は馬に乗り、馬車の前後左右に位置している。

「どうしたの？」

「ワフッ？」

俺が黙り込んでいると、お姉さんと子狼が顔を覗き込んできた。

「……いや、まだちょっと眠いだけ」

「フフ、寝ててもいいわよ。着くのはお昼頃らしいし」

「なら寝させてもらうよ。ふわぁ～。何かあったら起こしてくれ」

「フフ……了解」

「ワフッ！」

俺は腕を組み、目を瞑った。

……あ・や・し・い。怪し過ぎるだろ、こいつら。

俺は初対面だったのに挨拶もなし。

護衛一人につき馬が一頭。普通は同じ馬車内か歩きだろう。

護衛は無言で、馬車の前後左右にフォーメーション。まあ、これは事前打ち合わせがあったかも知れんが……。

護衛の装備が全員お揃い。同パーティーで仲が良ければありそうだが、そんなの一度も見たことないわ！

護衛が人族だけの構成なのは、この連合国では不自然。同ランクでも、戦闘力の高い獣人、亜人のパーティーに依頼するのが普通だろ。

何より、俺の頭に乗っかってる子狼に誰も突っ込まない！

バンバンでハネ満っ！　裏ドラが二枚乗って倍満だっ……はい黒っ！

『マップＥＸ』起動、『鑑定ＥＸ』先生、お願いします。

依頼主：ポークレア王国男爵筆頭執事兼兵長
御者：ポークレア王国男爵兵
護衛：教会暗部×４

はい、アウト～っ！

赤ドラ二枚に、槓（カン）ドラが四枚乗っかって数え役満。真っ黒だコンチクショウっ！

……狙いは何だ？　男爵ってのが昨日のアホ貴族だとすると、子狼が目的か。

でも教会暗部って……面倒くさ。

どちらにしても、この先は百パーセント罠！　って事で、もう一回『マップＥＸ』起動っ！

……赤っ！　敵だらけじゃんっ！

村の中心の赤点二つは、隷属（れいぞく）状態の強化キマイラ、レベル48。

教会によって捕獲され、薬物や魔法によって強化されたキマイラらしい。どちらも討伐ランクはＢプラス。

村の周りを囲んで待ち構えてるのが、王国男爵兵が十八人に、教会暗部が二十六人。

うーん……どうするか。おっ、ちょっと離れたトコにもいるな。

ポークレア王国男爵、王国男爵兵が四人、教会神官長、教会騎士が四人。

親玉発見～。

男爵はともかく、神官長とは……結構な大物さんかな？

男爵の狙いは多分子狼。神官長の狙いも同じか？

……よしっ！　とっ捕まえて拷問も……尋問も……いや、オ・ハ・ナ・シだな。

それと今のうちに、教会とやらについても調べておくか。


ネフィリス教：架空の唯一神である、愛と豊穣の女神ネフィリスを崇める宗教。教祖は魔法使い崩れの占い師で、国のトップである教皇となった。

ポークレア王国の国教となった頃には、徹底した人族至上主義の宗教と成り果てた。

この人族至上主義＝亜人排斥主義が災いし、かつて王国に召喚されたサブカル、モフモフ大好きな現代日本人の逆鱗に触れる。転移者達は近隣のネフィリス教会を全て潰し、総本山であるネフィリス教国も滅ぼした。

しかし教皇の血族や一部の上位神官などは逃げ落ち、地下に潜ってしまった。

彼らは現在、『隠れネフィリスタン』として細々と活動している。

そして、少しずつ力を蓄えて、表に出てきた……と。

だが亜人排斥主義は俺も許さんっ！　教会とそれに与する者には覚悟してもらおう。

そんな事を考えているうちに、目的地に着いたようだ。

依頼主と御者が声を掛けてきた。

「私達二人は、ここまででよろしいでしょうか？」

「そうね……これ以上は危険だしね」

「すみません。では護衛の皆さんには、村の周囲を警戒するように伝えてきます」

依頼主が伝えに行くと、護衛達はすぐに散開していった。

「では、私達も準備しましょう」

お姉さんの呼びかけに応じて、俺と子狼も立ち上がる。

「ワンっ！」

「よっこらせっ……と……」

「フフ……何かおじさんクサイわね」

「ワフッ！」

「なん……だと……」

自覚はあるが、言われるとショックっ！　へこむ……。

「ウフフ、ゴメンゴメン」

お姉さん達に背中を押されて、俺は馬車から降りる。

「私達はここで待っている事しかできませんが……どうぞよろしくお願いします」

馬車の外で、依頼主と御者の二人が深く頭を下げた。

「任せといてぇ～！」

「ワフッ！」

頭を上げた依頼主が、俺に話しかけてきた。

「……あの」

「何です？」

「もしよろしければ、その子は預りましょうか？」

俺の頭に乗っかってる子狼を見て、聞いてくる。

「あぁ、コイツならそこそこ戦えるから大丈夫ですよ」

俺は華麗に断った。

「……そうですか。余計な気遣いでしたね、すみませんでした」

「いやいや、お気になさらず」

「ワフッ！」

「……では、どうぞお気を付けて」

二人はもう一度頭を下げて、馬車から離れていった。

しっかし依頼主の執事さん、良い演技するな。俺が断っても、表情が変わらなかったもん。御者役のヤツなんて、ちょっと苦い顔してたけど。バレてるの教えてあげたら、どんなリアクションするかな。

お姉さん達が装備や回復薬の確認をしてから、村に向かって歩き始める。

村までは徒歩十五分くらいだ。

『マップＥＸ』起動……今のところ敵の動きはなし。

となると、キマイラとの戦闘が終わった後、もしくは途中で囲んでくる気かな。

どうせ俺達が強化キマイラを倒せるなんて思ってないだろうし。

「キマイラと戦うの久しぶりね」

「ワフッ！」

「お前は戦った事ないだろっ」

俺は子狼にペシッと突っ込んだ。

「そういえばあなたは戦った事あるの？」

「ないな」

「……えっ？　大丈夫なの？」

眉をひそめるお姉さん。

「ん〜、キマイラって、レッサードラゴンより強いか？」

「レッサードラゴンよりは弱いけど」

「なら大丈夫だ」

「……倒したの？」

「ああ」

「……ソロで？」

「ああ」

正直に答えたら、なんか呆れられてしまった。

「はぁ……じゃあ何でDランクなのかしら？」

「ランクを上げないのは、指名依頼とか強制召集とか、面倒そうだから」

俺の渾身のドヤ顔は、再びの嘆息で返された……解せぬ。

それと俺は、ジト目はご褒美にならないので、やめてもらえませんかね……。


しばらく歩いて、村の入口に到着した。

村を見渡したお姉さんが呟く。

「……おかしいわね」

そう、明らかにおかしい。

「生活の気配がまるでない……最近、破壊された感じでもないわ」

つまり、それは……。

「もともと、廃村だった……？」

首を傾げるお姉さんに続いて、俺も口を開く。

「なら依頼は……罠だな」

「っ⁉」

「とりあえず考えるのは後にしよう。どちらにしてもキマイラは放っておけないだろ？」

「そうね」

「ワフッ！」

すぐに切り替える。さすが、Ｂランクパーティーといったところか……。

入口から村の中央の広場へ、警戒しながら歩を進める。

俺は『マップＥＸ』で、キマイラが動いてないのを確認。

キマイラを目視で確認したところで、村の周囲、四ヶ所に『結界』を展開。

クックックッ。乱入はさせないし、逃がしてもやらん。

「……なんで悪い顔してるのかしら」

「ワフッ」

あら、顔に出てた？　ヤダー。

「ほら、そろそろキマイラも動くぞ」

「……誤魔化したわね」

「ワフッ」

総ツッコミですか……そうですか。

「おふざけはこの辺までね」

キマイラが二匹とも、のそっと動き出した。

「さて……やろうかっ！　しっかり捕まってろよ！」

「ワフッ‼」

戦闘開始だっ‼

俺は腰の鞘から虎月レプリカを抜き、『耐久力アップ』『斬撃アップ』『刺突アップ』の魔法を付与していく。子狼は頭上なので、『結界』魔法で固定。

「「グルアアァァァァァッ‼」」

一匹は翼を広げ飛ぼうとしている。もう一匹は四肢を地につけ口を大きく広げた。

……ブレスかっ！

「お先っ！『身体強化』からのぉ『縮地』っ！」

俺はブレスを放とうとしているキマイラに、一気に距離を詰める。

「させねえよっ！『九龍閃』っ‼」

ズバンッッッ‼

「グルァ……ァ……」

俺は神速の九連撃を放ち、ブレスを撃たれる前にキマイラの一匹を仕留めた。

「……えっ？」

お姉さん達が目を丸くして、固まってしまった。

「驚いてないで、キマイラそっち行ってるぞっ！」

「……っ!! 散開っ！ 押さえてっ！」

「支援魔法行きますっ！ 『アタック』『ディフェンス』『スピード』っ！」

「攻撃魔法準備っ！ 五秒後っ！」

おぉ……、戦い馴れてるなぁ。もう立て直したか。

ピシッ。

何か音がした。

「ん？ ……ああっ!?」

視線を手元に移すと、俺の虎月レプリカがひびだらけになっていた。いや、今なら『アイテムボックスEX』に入れれば直せ――。

パリインッ……。虎月レプリカの刀身が粉々になってしまった。

「おぉぉ……遅かった」

今のステータスに耐えられないのは分かっていたから『耐久アップ』の魔法を付与して使ったん

だけど、駄目だったかぁ……。

「ブレスくるよっ！　防御っ！」

「回復行きますっ！　『エリアヒール』っ！」

「突っ込むっ！　援護頼んだっ！」

「任せてっ！　『アイスランス』っ！」

次は、旧ドワーフ国の首都に行こうと思っていたけど、刀はあるかなぁ？

でもちょっと、片手直剣を背中に背負いたいかも。いやいや、大剣もありか？

「ぐっ！」

「コイツ、前に戦ったヤツより強くないっ？」

「ええ、確かに……」

「飛ぶぞっ！　魔法頼むっ！」

しかし大剣はやっぱ重いよなぁ。やっぱり片手直剣か、刀か……。

直剣で刀の技ってイケるかなぁ？　ちょっとイメージできんな。

「ワフッ！」

「ん？　どした？」

吠えた子狼が、小さい前足で前方を指していた。

「……苦戦してるな」

あのパーティー、空中の相手との相性が悪いな。飛び道具が魔法攻撃一つしかない。

「前戦ったキマイラより防御力も耐久力も上。じゃなければ、飛ばれても問題ないのに……」

あぁ、強化されてるのも原因の一つか。

「仕方ないわ……ねぇっ!?」

「ん？」

いきなり声をかけられ、俺？　と自分を指差す。

「ちょっと手伝ってくれないかしら!?」

「ＯＫ！」

俺はすぐに『ライフル』を準備。指先に魔力を集中、圧縮。雷属性を強めに設定した。

「よしっ……撃つぞっ『ライフル』っ!!」

キュウウウウウ……ドンッッ!!

「グルァッ!?」

指先から紅い閃光が放たれ。空中にいたキマイラの翼を撃ち抜く。

同時にキマイラの全身に雷が走り、動きを止め落下した。

「スタン入ったっ！　総攻撃っ!!」

「「ハアァァッ!!」」

「グルァッ……ァ……」

スタンしたキマイラは防御する事もできず、沈黙した。

「……よしっ！　ありがとう、助かったわ」

「どういたしまして」

「ワフッ！」

こうしてキマイラ戦は犠牲もなく無事終了した。いや、俺の刀が犠牲になったか……へこむ。


キマイラとの戦闘を終えた俺は、絶賛、正座＆説教中である。

「あなた一人いれば余裕だったじゃない。教えてくれても良かったんじゃない？」

だから、ジト目は俺にはご褒美じゃないと何度も言わせせん……。

ギロリ。

「いえ、何でもないです。すんませんしたっ！」

「はぁ……もう、いいわ。助けられたのは私達だし」

どうやらお説教は終わりらしい。

「ふぅ……やれやれ、よっこらしょ」

俺は立ち上がる。

「フフ……やっぱりオジサンっぽいわね」

「うぐっ」

どうせオッサンだよ……うん、知ってた。

見た目は若返ったからともかく、端々に出ちゃうんだよなぁ……へこむ。

そんな俺を横目に、お姉さん達が会話している。

「あのキマイラ、Bプラスくらいじゃなかった？」

「そうね、多分そのくらいかしら……」

「何かやたら強かったもんねぇ。前戦った時はあんな苦戦しなかったし……」

『鑑定』で見なければ、強化されてるなんて、誰も分からんよなぁ……。

「じゃあ依頼完了の報告に戻りましょうか」

お姉さん達は首都に戻ることになるが、俺は別行動しますかね。『結界』を張って、放置しっ放しだし。

「それじゃ、俺は別行ど……っ？」

敵ではない何者かが二人、凄い速さで接近してくる……。

「よう、トーイチ。カレー作るぞ、ルーくれ」

「トーイチさん、久しぶりで……って、カレーってどういう事です？　異世界で食べられるんですか？」

「……ワフッ!?」

案の定、ソウシ先輩とマサシだった。というか、カレーって何？

「先輩とマサ……ギルドマスター。こんなところに何しに来たんです？」

「あ～トーイチちょっと、こっち来い」

ソウシ先輩がちょいちょいと手招きするので、俺は嫌そうに近付く。

「何ですか……面倒くさい」

「……そんな嫌そうにすんな。別に嫌がらせなんかしねぇから」

「えぇぇぇ……」

「ソウシさん、それよりカレーってどういう事ですか？　トーイチさん、カレールーなんて持ってるんですか？」

「お前はここに何しに来たんだよ、落ち着け」

先輩が、カレーに異様に執着しているマサシを殴った。

「痛っ！」

俺達は三人で顔を付き合わせた。

「カレーは冗談でしょうけど、本当の用件は何です？」

「あぁ、ポークレア王国と、ネフィリス教会絡みでちょっとな……」

先輩が続ける。

「お前の頭に乗っかってるソレなんだが……」

「はぁ……コイツはスノウホワイトウルフ、神狼じゃないです。『鑑定』で見たから間違いないです。先輩には言いませんでしたっけ？」

「いや、お前が『鑑定』持ちとか知らんから」

「狙われてるのは分かったけど、何でです？」

男爵もそうだが、教会がコイツを狙う理由が分からなかった。

マサシが答える。

「教会が欲しているのは『神狼の血』です」

『神狼の血』ねぇ……。

「ワフゥ……」

「トーイチ……ちょっとそいつ預かるわ」

「はい。ほら、大丈夫だから一緒にあっち行ってろ」

俺は頭上から子狼を降ろし、ソウシ先輩に渡した。

……お前は先輩の頭にも乗っかっちゃうのかぁ。少し寂しいな。

「おし、あっち行くぞっ！」

「ワフッ！」

先輩もそれで良いのか……まぁ、子狼には聞かせたくない話だしな。

「トーイチさん、続きいいですか？」

「ん？　……ああ、頼む」

「教会が『神狼の血』を欲している理由は、血に含まれていると言われる膨大な魔力。そして、それを使用する事で可能とされる、唯一神ネフィリスの降臨。その儀式のためです」

教会が復権を狙う理由としては、まあ分かる。しかし『愛と豊穣の女神』の降臨なら歓迎されても良いはずだけど。

「ご存じだと思いますが、『架空』の神である事が問題なんです」

架空が問題……？　あ、そういう事か。

「……気付きましたか？」

「ああ。降臨の儀式とは、恐らく大規模召喚魔法。あくまで架空の神である以上、何が喚び出されるか分からない」

「……正解です。そして、架空の神である、という事を教会は知らない」

なるほど、ギルドマスターが出張ってくるワケだ。

大規模召喚魔法で邪神的な奴が喚び出されでもしたら、シャレにならんからな。

「で、ポークレア王国の方ですが」

「異世界召喚だろ？」

「……はい」

「そうかぁ。俺がバックレたから、『神狼の血』を使用して新たに異世界召喚しようとしてるってワケか……」

あんの国王……やっぱり歯が全部失くなるまで殴ればよかったかな。

「トーイチさんやソウシさんみたいに、この世界に順応できる人だけが召喚されるワケじゃないですからね」

そうだな。サブカルに明るくない女性とかにはかなりキツイよなぁ、剣と魔法の異世界って。

「教会と王国の目的は別ですが、ともに神狼を欲している」

「だから先輩とギルマスが派遣された……か」

「派遣と言うと、語弊（ごへい）がありますけどね。まあ、トーイチさんを守る事には変わりないです」

「でも、スノウホワイトウルフだって分かったろ？　もう大丈夫なんじゃないか？」

「いやいや、トーイチさんが『鑑定』持ちだなんて知らなかったですし、それに相手はスノウホワイトウルフだなんて知らないですから！」

「まあ、そりゃそうだな」

王国はともかく、教会には架空の神だと教えれば諦めるか？

いや、狂信者に言っても聞く耳を持たないだろうから無理か……どうするかな。

「トーイチさん、何か悪い顔してません？」

マサシの説明を聞き終え、ソウシ先輩のところへ歩いていく。

「おう、終わったか？」

「ワンッ！」

「とりあえず二人が来た理由と、コイツが狙われてる理由は分かりました」

「……で、どうする？」

先輩の問いに、俺は……。

「先輩がソレ聞きます？」

「……だな」

ニヤリと笑う俺とソウシ先輩を見て、マサシが顔色を変えた。

「……ちょっ……待っ……」

「「潰すっ！」」

俺と先輩は、右手の親指を立てて下に向け、首の左から右に引く。そして両腰に手を当てて笑った。

「ガッハッハッハッハッハ」

「ちょっと待ていっ！」

マサシが俺と先輩の頭を殴った。

「痛ぇじゃねえか……マサシ」

「二人とも、ちょっと落ち着いて下さい」

「落ち着いてるぞ」

「全然落ち着いてないですよ。彼女らも引いているじゃないですか……」

そう言われたので、獣人のお姉さん達を見てみると、顔を引きつらせていた。

ドン引きじゃないですか、ヤダー。

「……いや、スマン」

「まあ、いいですけど」

一先ずマサシに謝っておく。潰す事に変わりはないけどな（笑）。

「ちょっ……ちょっと、いいかしら……？」

「ん？」

「そちらのお二人……『ソウシさん』と『ギルマス』って？」

お姉さん達に聞かれたので、二人の紹介を始める。

「ああ。え～っとベルウッド商会の……前商会長でしたっけ？　ソウシ・ベルウッドさんと、ルセリア帝国冒険者ギルド本部、ギルドマスターのマサシ・コバヤシ……合ってる？」

紹介を終えると、お姉さん達が目を見開いた。

「や、やっぱり……『鬼人』と『グランドマスター』」

「ブハッ！　せ……先輩……プッ。二つ名あったの？　クク……『鬼人』とか、ピッタリ過ぎる（笑）」

俺はツボに入りゴロゴロ笑い転げ、少し過呼吸気味になってしまう。

するとと、ソウシ先輩が黒いオーラを出しながら、拳をバキバキ鳴らしていた。

「……選べ、トーイチ。グーパンと右ストレート、どっちが良い？」

「スンマセンしたーっ!!」

俺は先輩に、必殺DO・GE・ZAを披露したのである。


女性陣には首都に戻ってもらい、廃村には、俺と先輩とマサシの三人と、子狼が残った。

「……ワフッ」

「そこ痛いから、テシテシするのやめてね」

結局、俺は先輩から頭に拳骨をもらった。殴られる瞬間『身体強化』したのに超痛かった、とだけ言っておこう。

「それで、トーイチさんはどうします？」

「あ〜、それなんだけど……黒幕は別にして、今回俺達を狙ったヤツらはもう捕獲済みなんだわ」

昨日の出来事からキマイラ討伐までの事を、二人に簡潔に説明する。

現在、『結界』に敵を閉じ込めている事も。

「お前、『結界』も使えるのかよ……」

ソウシ先輩が唸った。

「便利ですよ。匂いとか音も遮断できるし」

「ワンッ！」

何故お前がドヤる……？

俺達は廃村を出て、敵の状況を確認することにした。

二十人強の、『結界』に閉じ込められてた下っ端は華麗にスルー。

俺達が通った時にギャーギャーうるさかったので、雷属性魔法でも撃ってやろうかと思っていたら……。

「ぁあっ？　ウルセェぞコラっ」

先輩の威圧で静かになりました。

「……ハハハ」

これにはマサシも苦笑いだ。

「ええぃっ！　どうなっておる!?　出れんではないかっ！」

「厄介な『結界』ですね……」

「神官長様っ！　落ち着いている場合では……」

「少し黙りなさい」

「うぐっ」

（あのうるさいアホそうなのがポークレア王国の男爵で、落ち着き払ったイケすかねぇ感じの奴が

神官長か）

（ソウシ先輩。それ、ほぼ悪口。『鑑定』使わなくても分かりますね）

俺達三人は『偽装』『気配魔力遮断』を付与して『結界』を展開。神官長達の側まで来て、コソコソと会話を聞いていた。

（トーイチさん。『結界』は音遮断も付与できるんでしょ？）

（……あっ、そうだった。『音遮断』付与）

よし、ＯＫ。

「これで普通に話しても大丈夫だぞ」

「コソコソするのは性に合いませんね」

マサシが大きく頷いた。

「で、どうする。このまましばらく、コイツらの会話聞く？」

「……そうですね、もう少し聞いてみましょうか。何か有用な情報が出るかもしれないですし」

「んなもん、喋（しゃべ）るまでグーパンすれば吐くだろ？」

「昭和の刑事ドラマかっ！」

思わず突っ込んでしまったが、今のはソウシ先輩が悪いと思うんだ。

「まったく……先輩は脳筋過ぎですよ」

「……お前には言われたくねぇんだよなぁ」

というワケで少し待機して観察する事にした……のだが。

「オッサン達を観察しても面白くもなんともないな」

「同感だな」

我慢して聞いていると、どうやら周囲に罠がしかけてあるらしい。

「罠ねぇ……検索……あった。さっきの村の……廃屋内に設置してあるな」

俺が『マップＥＸ』で確認すると、ソウシ先輩が尋ねてくる。

「分かるのか？」

「ん？　あぁ『マップＥＸ』可視化……これで見えます？」

「おおっ……ゲームのマップ画面みたいだな」

「とりあえず罠の周りを指定して『結界』を展開。無力化してと……転移石を指定、『鑑定』

転移石：魔力を込める事で転移可能。距離に比例した魔力が必要で、足りない場合は起動しない。転移石同士を魔力のパスで繋いだ場合のみ、呼び出す事が可能になる。

「普通の転移石だな」

「ん～これ以上は分からんな。ちょっと戻って見てみましょうか？」

俺がそう提案すると、二人とも頷いた。

村の廃屋へ移動する。もちろんオッサン達は放置だ。

転移石はすぐに見つかった。

「……これか」

「魔法陣の上に転移石……罠というより、簡易転移門……ゲートみたいな使い方ですかね？」

「『鑑定』……なるほど。マサシの言うゲートが正解だろうな」

俺がそう言うと、ソウシ先輩が口を開く。

「兵士をこちらに送り込むため……だが転移石では二人～三人しか無理だろ？」

「魔法陣と組み合わせる事で約十倍、二十人～三十人の転移が可能になるみたいですね」

先輩とマサシが険しい表情になった。

「教会はこんな物を開発していたのか。マサシ、これは……」

「ええ……教会と王国が本格的に動き出すかもしれないですね」

おや？　何か面倒そうな話になってきたぞ？

「しかし、教会の残党はそこまで人数いるのか？」

「……まあ、そうですね」

先輩とマサシの会話が続く。

「どこから数を引っ張ってくるんでしょう？」

「さっきのオッサン達の会話から、このトラップの用意をしたのは教会だろ？」

「人数は少ない……しかしトラップは準備する……となると……」

「王国の兵士、もしくは隷属した魔物だな」

「っ！　そうか……隷属魔法。もしくはそれに類する魔道具があります」

「チッ。隷属魔法とか胸糞悪ぃな。……が教会・王国ならありえる」

先輩が急にイラついた？　……あぁ、なるほど。隷属魔法は魔物だけじゃなく、人間にも有効なワケか。

「落ち着いて下さい……。その黒いオーラを仕舞まって。まあ、なんとなく教会の狙いが分かったから良しとしましょう」

マサシが続ける。

「転移石を利用した、複数カ所の同時奇襲が目的。今回は神狼の捕獲と転移石……というか魔法陣の試用。こんなとこじゃないですか？」

「……だろうな」

「はは、少しは落ち着きました？」

「すまんなマサシ。さすがギルマスってトコロか」

「まぁ、荒くれ者ばっか相手にしてましたからね。慣れましたよ」

ドヤ顔をするマサシに、黙って聞いていた俺が笑顔で声をかける。

「……それは、俺と先輩も『荒くれ者カテゴリー』に分類されてる……という事でＯＫ？」

「えっ……っは⁉」

その後、廃村中に、マサシの断末魔の悲鳴が響き渡った。


教会の狙いを推察し終えた俺達は、『結界』を解除して神官長達の元へ向かう。

「『結界』はもういいのか？」

ソウシ先輩が尋ねてくる。

「そうですね……推察が合っていたら悠長に構えていられないですからね」

「だな。王国が攻めてくるなら、帝国側はまずは一番近いベルセが目標になる可能性が高いしな」

「ベルセかぁ。異世界来て最初にお世話になったトコだからなぁ」

俺がしみじみと言うと、マサシが口を開く。

「そうなんですか？」

「王国から帝国側に逃げて国境から一番近いのがベルセだろ？」

「……でもベルセは避けるかもしれないですよ」

「どうしてそう思う？」

「ソウシさんがいるかもしれないからですよ」

先輩が苦笑した。

「ああ、俺が抑止力になってるって事か……」

「そうです。ベルウッドの名前の力は、ソウシさんが思っている以上にありますからね」

「……まあ、その辺は本人達に聞こうじゃないか」

神官長達が目視できる距離にまで近付いた。

「……スピー」

子狼は俺の頭の上でデローンとして寝てるけど、お前の話でもあるんだよ？　別に良いけど。

さぁて……O・HA・NA・SHIしようか。

「トーイチさん、悪い顔してますねぇ。恐いんですけど」

「ああいう奴ら、大嫌いだからな」


俺達三人が近付いて来たのに気が付いたのか、男爵達が騒ぎ始める。うるせぇなぁ。

さらに近付くと、俺の頭上に視線を移し、神官長が呟く。

「っ！　……神狼」

男爵達はさらに騒ぎたてるも……。

「うるせぇよ、ちょっと黙れ」

ソウシ先輩の威圧に押し黙った。

「何者です？」

神官長の質問に、マサシが前に出て、白銀のカードを見せつける。

「冒険者ギルドのマサシ・コバヤシだ」

『結界』内がザワつく。

「グランドマスター……」

神官長が呟く。男爵は顔面蒼白だ。

「グランドマスターが直々に何の御用でしょう？　あぁ、あとこの『結界』はあなた方が？」

平然とこちらに質問を投げてくる神官長。胆の据わったオッサンだ。

「こちらは自己紹介したんだ。質問の前にアンタが何者か教えてもらおうか？」

「……」

睨み合うマサシと神官長。

マサシの後ろで、俺と先輩はと言うと……。

（先輩……マサシって『ギルドマスター』じゃないの？　お姉さん達も言ってたけど、『グランドマスター』って何？）

（あぁ、ルセリア帝国内なら『帝国本部のギルドマスター』で良いんだけどな、あいつは冒険者ギルド全体のマスターでもあるんだ。だから帝国外では『グランドマスター』ってワケだ）

（なるほど。……えっ？　じゃあマサシって凄ぇお偉いさん？）

（そうだぞ。ある意味、国のトップより力があったりする）

（はぁ～～～、マジかぁ）

「……スピー」

子狼も含めて、緊張感ゼロだった。

マサシが声を張り上げる。

「だんまりか？　この状況で黙秘権があるとでも？　ネフィリス教の神官長さん？」

「っ!?　知っていたのですか？」

「ここに来るまでに、暗部の奴らがいただろう？」

「……なるほど」

ほとんど俺が教えたんだけど、まあ、そう言っておいた方が効果的だな。しかし、マサシも良い顔するね。

「さて神官長、質問を変えよう。何が目的だ？」

「答えると思っていますか？」

「ふむ……答えないなら答えないで、別にいくらでも方法はあるが……どうします、ソウシさん？」

「お前なぁ……ここで俺の名前出すなよ」

先輩が呆れたように肩をすくめた。

「……『鬼人』？」

神官長、ちょっと顔色変わったな。先輩は教会相手に一体何したんだ？

「神官長。知っていると思うが、こちらはベルウッド商会前商会長、ソウシ・ベルウッドさんだ」

「……」

　黙ったままの神官長に対し、先輩が一言。

「まあ、黙秘するぐらいにそれなりの覚悟はあるんだろう？　……それなりの、な」

　先輩は悪い顔、似合うなぁ（笑）。

　マサシが尋ねる。

「さて、もう一度質問しよう。何が目的だ？」

「……その白い狼だ」

「何故？」

「白い狼は希少だ。出すところに出せばかなりの値がつく。それを活動資金に充てるためだ」

「ふむ……その理由じゃ弱いな。本当の事を言え」

「……」

「まただんまりか……まあいい。その狼は『スノウホワイトウルフ』、なかなかお目にかかれない希少種ではあるが」

　スノウホワイトウルフと聞いて、神官長の顔に変化が現れた。

「アンタは五十人近くの兵を集め、キマイラ二匹もここに送り込んできている。それで目的が『狼の捕獲です』って……信じると思うか？」

　そりゃ無理があるわな。

神官長は何を言うべきか迷っているようだ。

「……『神狼の血』」

「っ⁉」

「何故っ？　て顔しているな……。知らないとでも思ったか？」

「……ぐっ！」

マサシも煽るなぁ。煽り方が兄貴そっくりだよ。

『『神狼の血』を使った『女神ネフィリス』の降臨。そして教国の復活……もっと詳細な話をしようか？」

煽りに煽るマサシを、これでもかと睨み付ける神官長。

黙秘してるけど、『それで合ってます』って言っちゃってるようなもんなんだよなぁ。

「……スピー」

で、子狼はいつまで寝てるんですかねぇ。

「ここに来るまでに面白い物を見つけたんだ」

マサシが懐から廃屋にあった転移石を取り出した。

「これは転移石だ」

「……っ⁉」

「魔法陣の上に乗っていたんでね、その魔法陣を解析したんだけど……転移石の増幅装置だったよ」

もう神官長、汗だくだな。

「まあ、罠として使うには十分だと思うけど……今回の件が本命じゃないだろ？　『どこで』使う気だったんだ？」

「……ぐっ⁉」

威圧……というより、殺気を放つマサシ。それも神官長だけに限定して。

しかしマサシは、すぐに殺気を霧散させた。

「そろそろ喋ってもらえるとありがたいんだがな」

「……ハァハァ。あなたに話す事などありませんね」

「なら、こちらが勝手に話そう。ルセリア帝国とアライズ連合国への、同時奇襲攻撃」

「……っ⁉」

「それも首都と主要都市だろう。さらに、送り込むのは兵士ではなく、隷属魔法によって隷属した魔物と奴隷」

神官長が息を呑んだ。

「何故そこまで……って顔だな。さっきのキマイラ……状態が隷属だったからな」

お前は戦ってないだろ。あと『鑑定』して状態教えたのも俺だ。

俺は心の中で突っ込んでおく。

「奴隷は連合国からさらうつもりだったか？　それとも、自国の貧民層からか？」

「……」

「教会は昔から『そう』だものなぁ。差別して弱い者を使い、自分達は高みの見物。いい加減うんざりするっ！」

話を聞きながら、俺はソウシ先輩に尋ねる。

「マサシの奴、教会となんかあったんですか？　もちろん、俺もイラつくんですけど」

「まあ、いろいろな。話すかは分からんが本人に聞いてくれ。後、俺もイラついてる」

ふむ。まあ、なんとなく察するけど……とりあえず。

「マサシ」

「トーイチさん？」

「少し落ち着け」

「っ!?　……ふぅ。すみません、ありがとうございます」

マサシは神官長に向き直った。

「そして魔物と奴隷を使った同時奇襲後に行う『大規模召喚魔法』」

「……っ!?」

「何故そのタイミングか？　それは『神狼の血』だけでは足りない魔力を、奇襲による大勢の人の死で賄(まかな)うため」

「……っ⁉」

それは俺も知らなかったな。本当にイラつかせてくれるな……教会は……。

「そして『ネフィリス神』降臨による教会の復権。その後はポークレア王国を乗っ取り、魔王国を潰して大陸を制覇。最終的に教国の復活……そんな筋書だろう」

「どうやってそこまで……」

「やっと喋る気になったか。ただ、今迄の話は断片的な情報を纏めて推察しただけの話だ」

「……なっ⁉」

「アンタの反応で、ほぼ合っている事が分かった。感謝する」

「バカなっ！　推察だけでそこまで？」

「そうだな、ギルドが得た情報は『神狼の血』『ネフィリス神の降臨』、この二つだけだった。だが今日、ここに来てみれば、『暗部』『隷属』『転移石』『増幅装置』そして『神官長』と、情報だらけだった」

確かにそうだな。ここまで情報が集まれば、後は仮定を組み上げるだけ、って感じか。でも俺が『鑑定』しなければ分からなかったよね？　……まあいいけど。

「……くそっ！　ここまでですか」

「計画は暴いた。時期と黒幕を吐いてもらおうか！」

「……喋るとでも？」

あぁ、折りきれなかったかぁ。どんだけメンタル強いんだアイツ。仕方ない。

「……先輩」

「おう。そろそろ行くか」

俺とソウシ先輩はマサシに近付く。

先輩は首をコキッと鳴らし、悪い顔をしながら肩を回した。

俺は頭にいる子狼を掴んで、マサシにそっと渡す。

「マサシ……パス」

「っ？　……トーイチさん？」

子狼を渡されたマサシは、ややビックリした顔をして俺を見だ。

「……交代だ」

何でちょっと引いてるんですかね……解せぬ。

俺と先輩はマサシと入れ替わり、神官長の前に立った。

「ソウシ・ベルウッド……と、あなたは？」

「初めまして神官長さん。トーイチと申します」

「……何者です？」

「ソウシ・ベルウッドの後輩で、マサシ・コバヤシの先輩です」

「なっ⁉　……ではあなたが、先日王国に召喚された？」

「その事は知ってるのか……。まあ、その通りだ。けど、そんな事はどうでもいいんだよ」

「……」

「俺と先輩を前にいつまで黙っていられるかなぁ」

「何をするつもりです……？」

「さぁな」

「さてネタばれのお時間だ。まず『結界』を張っているのは俺だ」

俺は神官長にだけ聞こえるように話す。

「……っ!? あなたが？」

「ここと、あと三ヶ所。それと、転移石のあった廃屋にも展開してある」

「さすが、転移者と言ったところですか……」

「それと……」

「……？」

「キマイラの隷属と、魔法陣の増幅効果を『鑑定』して看破したのも俺だ」

「っ!? あなたが」

「そんな、『お前のせいで』みたいに睨まれても困るんだよなぁ」

「あと、あのちっこいのは間違いなく『スノウホワイトウルフ』で、神狼じゃあない」

「……」

「つまりだ……アンタは神狼だと勘違いし、兵を集めて罠を張り、強化キマイラまで使って失敗したんだ」

「っ⁉　キマイラの強化の事もっ？」

「言ったろ。隷属を看破したのは俺だと」

「……」

ホントにメンタル強ぇな、このおっさん。

「ふむ。ソウシ先輩、お待たせしました。そろそろやりましょうか」

「おう、やるか……」

俺は神官長だけ『結界』から出し、魔法で拘束した。

◇　◇　◇

「っ！　っ～～～～～～いっっったいっ‼」

マサシはやや引き気味で苦笑している。

男爵や護衛の騎士達は「なんて恐ろしい……」みたいな顔してるけど、お前らにも後でやるからな。

「実行予定日……いつだ？」

「……」

俺の問いに顔を背ける神官長。

「……先輩」

「おう」

「つっ！　～～～～～～～いっっったいっ‼」

現代日本人の俺達に、中世のような拷問などできない。だから……。

「先輩、次は、左の二の腕の後ろ側をお願いします。なるべく、小っちゃくつねって下さい」

「おう、任せとけ」

「いっ！　～～～～～っ～……」

おいマサシ、嘆息すんな。

最小限の労力で、大きい痛みを出す効率的な方法だろ？　教会にイラついたから、嫌がらせでやってるワケじゃないんだよ？

「……吐かねぇな。トーイチどうする？」

「そうですね。じゃあ……」

神官長の顔を見る。

絶賛涙目になっているが、拘束されているので涙を拭けない。まあ、そのうち泣くだろう。

「選べ……『うめぼし』と『鼻フック』。どちらが良い？」

「いっ⁉　～～～～～～っ‼」

「先輩、もうちょい強めで」

「こうか？」

「～～～～～～っいっ⁉　～～～～～～っ！」

「アンタも早く喋っちゃおうよ？」

「フゥ……フゥ」

絶賛Ｏ・ＳＨＩ・Ｏ・ＫＩ中だが、神官長はなかなか口を割らない。……仕方ないなぁ。

「マサシ～、この世界ってデコピンってある？」

「はっ？」

「だから、デコピン」

「……ありますけど」

「『普通』のヤツ？」

「まあ、普通です……かね」

「じゃあ先輩、あのデコピンでよろしくです」

中指を弾くタイプではなく、中指を引っ張るタイプ……かつ、爪を立てるタイプを指示。

「俺がやると血ぃ出るぞ？」

「力加減は任せます。あっ、絆創膏は用意しときますんで」

「……しゃあねえな」

準備するソウシ先輩。

「じゃあカウント……三……二……ゼロっ！」

ビシッッッ!!

「グハァッッ!?」

「ブフッ……先輩……プッ……一が抜けてましたけど？」

「……マジでっ？　プフ……知ってた」

「「アッハッハッハッ!!」」

マサシと子狼はドン引きだ。

未だ『結界』内にいる男爵と教会騎士達は、ブルブル震えている。

当の神官長は痛みでのたうち回っていた。

俺は神官長に近付き、額にポーションを掛ける。

「……何を？」

「治ったな。じゃあ先輩、もう一発デコピンお願いします」

「……なっ!?」

「任せろっ！」

ビシッビシッと練習しながら、神官長に近付くソウシ先輩。

「次はクリティカル出そうなんだよなぁ」

「……っ!?」

恐ろしい事を言う先輩にビクつく神官長。クリティカルはマジでやばそうだな……。

「よぉしカウント……三……ゼロっ！」

ビシッッッ!!

「グハァッッ!?」

「ブハッ……先輩また……プッ……酷い……酷過ぎる」

「フッ……褒めんな」

「「アッハッハッハッ!!」」

「褒めてないし……あれ？　何か、罪悪感が……」

どうやらマサシには、罪悪感が芽生え始めたようだ。

『結界』内の奴らも聞こえてるからな。

誰だ？「魔王より魔王だ」とか言った奴は？　怒らないから出てきなさい。

俺は再び神官長にポーションを掛ける。よし、治った。

「フゥフゥ……あなた達には天罰が降ります。ネフィリス神による天罰が。絶対にだっ！」

「おうおう、ようやく口を開いたら天罰ねぇ……まあいい」

さて、次はどうするかな？

……よし。

「選べっ！　『ブルドッグ』か『ガムテープ』だ」


「せ〜のっ!!」

バリィッ!!

「フグゥッ〜〜〜〜〜〜ッ!!」

「フッ……バカめ。『ガムテープ』を選ぶとは……」

空気が入らないように、右足の脛（すね）に貼り付けたガムテープを、一気に剥がしてやったところだ。

先輩はもちろんだが、マサシも吹き出し笑っていた。手で隠しても、ばれてるからな。肩が震えてる。

『結界』内の男爵達は固まって震えていた。アイツらはもう心折れてるな。

さて……。

「どうせ喋らないだろ？　左足の脛もやっとこうか」

神官長に話しかける。

「フゥ……フゥ……」

神官長が睨んでくるが、おっさんに涙目で睨まれても怖くないんだよなぁ。いや、ある意味怖いか（笑）。

俺は神官長の左足に、ガムテープをペタペタ貼っていく。

「何か凄ぇ睨んでるけど、アンタが喋れば終わるんだよ？」

「……」

「喋らないのかよ、じゃあ睨むな。……先輩」

「おう。せーのっ!!」

バリィッ!!

「フッ……グゥッ!!」

バリイッ!!

「ウグゥッ!!」

「二段階とは……やりますね先輩」

「まあな（笑）」

さて……そろそろ心を折りにいくか。考えるのが面倒になったとかじゃないよ。

「質問を変えようか、神官長。アンタ達の信仰するネフィリス神は男神か？　女神か？」

「何を……？」

「何だ、答えられないのか？　それとも知らない？」

「男神だ」

「ふむ。では何を象徴する神だ？」

「……破壊と再生だ」

「へぇ」

「何だ、何が言いたい？」

さてネタばれしますか。

「『鑑定』持ちの、召喚者である俺が良い事を教えてやろう。アンタ達の崇めているネフィリス神だけど……『愛と豊穣の女神』らしい」

「なっ!?　そんなバカなっ!?」

「しかも、俺が会ったこの世界の唯一神は、ヘルベティアって名前の女神様だったぞ」

「……そ……そんな」

「もう一つ、残念なお知らせだ。ネフィリス神はこの世界には存在しない、架空の神だ」

「う……嘘だっ！　そんな事ありえるものかっ！」

「まあ、俺が俺のスキルを使って調べた事だから、証拠はないな……証拠は」

「そ……そうだろうっ!?　そんなの嘘に決まっているっ！」

「ただ……俺の言った事が嘘だと言う証拠もないだろう？　そもそも、どうしたら『愛と豊穣の女神』が『破壊と再生の唯一神』になるんだよ？」

「……」

「宗教が破壊を司ったらおかしいだろ？　何で崇めちゃってるの？　バカなの？　死ぬの？」

「……」

「俺はまだこの世界に来てから浅いけどな、少し調べただけで教会の事は概ね分かったぞ」

「……」

「お前ら教会が『破壊』した後の、どこに『再生』がある？　一部の高位神官とその腰巾着が利益を得ているだけだろうっ！」

「……」

「人々を教え導くのが宗教だと思っていたんだがな。お前らは自国が潰されてから何百年経っても、足を引っ張る事しか考えてないようだな」

「……」

「潰されて当然だ、お前らは。他の残党も、ここのグランドマスターが潰すから覚悟しておけ！」

「……俺っ⁉」

俺からいきなり話を振られたマサシはビックリだ。そりゃそうか。

「だって、俺がそんな面倒な事、するワケ無いだろう！」

「いや、まあ潰しますけど……あれ？　じゃあいいのか？」

マサシは頭上に「？？？」を浮かべているが、放っておこう。

「まあ、どちらにしても、神狼がいないからお前らの作戦が成功する事は百パーセントない。さっさと予定日と襲撃場所を吐け」

「……」

「ふむ……喋らないか。なら……」

俺は土属性の魔法で、地面の土からトンカチを形作る。土を固めただけなので、そこまで硬くない。なので……。

「『硬化』付与、もう一回『硬化』付与」

こんなもんか？　近くにあった、拳大くらいの石にトンカチを振るう。

ガキィンッ！

石は良い感じに割れた。

「おい。次、質問に答えなかったら……お前の玉、片方を潰す」

「……なっ!?」

「ああ、安心しろ。その次、答えなかったらもう片方。両方潰したらポーション掛けて、もう一回片方ずつだ」

あ……折れたな。心が折れた音、聞こえた気がするわ。

さて、後日談というか、事の顛末(てんまつ)。

神官長を含む教会の残党は、自分達の転移石でルセリア帝国に送られた。

侵攻作戦は未遂に終わったとはいえ、それなりに重い処分になるだろうとの事。

ポークレア王国の男爵は、王国へ強制送還となった。神官長をO・SHI・O・KIした現場にいた奴らは、精神的にかなり疲弊してたらしい。

その後、帝国冒険者ギルド、帝国軍、連合国冒険者ギルド、自警団が、教会残党のアジトに攻め込み、一網打尽にしたとの事。

ちなみにベルセの街のアジトだけは、ソウシ先輩が単独で突入。大暴れして、現場には血の雨が降ったらしい。

「赤い鬼人……『赤鬼』がいた」

目撃者はそう語り、新たな二つ名が広まったとか。

かなりの人数を捕らえたようだが、教皇や枢機卿などの高官は逃げたらしく、まだしぶとく残っているみたいだ。

また、今回の件の功績として、俺に爵位だの勲章だのを与えたいと言われたが、断固拒否して報奨金のみ受け取った。そんな面倒くさそうなもん、もらってたまるかってんだ。

「ところでトーイチさん……」

「なんだ？」

「カレーって何ですか？　ルーって何ですか？　作ってクレマスヨネ……」

マサシが怖ぇ～。目の光が……ハイライトさん仕事してぇ～！

「分かったよ。食べさせてやるから」

「それとトーイチさん。爵位とかは諦めましたから、ギルドカード出してランクの更新して下さい！」

「……断るっ！」

面倒な話は全て、冒険者ギルドを抜ける事と、カレーを人質にして、丁重にお断りした。

幸い帝国、連合国の上層部には、俺の事はバレていないらしい。

らしいと言うのは、各国の諜報部が動いていたら、さすがに把握できないとの事。

なので、俺の『マップＥＸ』『鑑定ＥＸ』に引っ掛かる奴がいたら、全力でＯ・ＳＨＩ・Ｏ・ＫＩするからな。と脅(おど)……注意しておいた。

「はぁ……分かりました」

マサシがしょぼーんとしていたので、レトルトカレーを10パック提供したら、ニッコニコで帝国へ帰っていった。チョロいなマサシ。

俺が首都の宿に戻ると、先に帰した獣人のお姉さん達に詰め寄られた。

「子狼を狙ったアホ貴族の罠だった」

「あの二人は、先輩と友人の弟」

本当の事を一部だけ話し、納得してもらった。

ちょうど良いので子狼を預け、俺は夜の格闘技の訓練をしに、歓楽街へ向かった。

翌日の昼過ぎに、ソウシ先輩に宿を襲撃された。

子狼を頭に乗せた先輩に引きずられ、ベルセのベルウッド商会本店へ『転移』させられた。

アイスコーヒーで一息つくと、先輩が話し始めた。

「コイツ、家で預かろうと思うんだが……」

子狼を撫でながら言う。

「そうですね。俺もその方が良いと思います。でも」

「ワフッ」

先輩から子狼を受け取り、俺は撫でながら話す。

「コイツは、何となくですけど、俺達の言っている事が分かってると思うんです。だからコイツに決めさせます」

「そうか」

「お前はどうする？」

俺は問い掛ける。

「クゥン」

子狼は俺の掌に顔を擦り付けてから、先輩の前に行った。

「……うん、それが正解だ」

「ワンッ！」

「驚いた。本当に理解してるっぽいな」

「名前……まだ付けてないので、良い名前を付けてやって下さい」

「フッ。それはお前の仕事だろう？」

「お前はいいのか？」

「ワンッ！」

「分かったよ。お前の名前は……ニクス。ラテン語で雪を意味する言葉だ。どうだ？」

「ワンッ‼」

「気にいってくれたか。良かった」

「クゥン……」

「まあ、ちょいちょい来るから……またな」

「ワンッ‼」

子狼をしっかりと撫でてから、俺はすくっと立ち上がる。

「もう行くのか？」

ソウシ先輩が聞いてくる。

「寝てるところを拉致(らち)ったのは誰でしたっけ？」

「そんな昔の事は覚えてねぇな！」

「キマイラ戦で使ってた武器が壊れちゃいましたからね。早く旧ドワーフ国に行って、新しいのが欲しいんですよ」

「……そういう事にしとくわ」

「フッ……ホント、ヤな先輩だ」

「お互い様だ、後輩」

笑い合う俺とソウシ先輩。

「それじゃ、また」

「トーイチ……タバコとビール置いていってくれ」

「ホント、嫌な先輩だよっ！」

首都アライズから北、鉱山地帯の一角に、旧ドワーフ国の首都が存在する。

現在は、鉱山都市フォディーナと呼ばれる次の目的地だ。

子狼ニクスと別れ、久しぶりの一人旅。

「念入りに準備しないとな……」

そう呟いてから、はや一週間。俺はまだ連合国の首都にいた。

仕方ないんだ。

教会の件で報奨金いっぱいもらったし、久しぶりの一人だし。体は若くなっちゃってるし。

そう！　強いられているんだっ！

しかも、キマイラ戦の時のお姉さん達に、冷たい目で見られていた。

「あなた、御使い様を預けてから一週間……何をしているのかしら？　エルフの匂いが凄いするんだよねぇ」

やめてっ！　その汚物を見るような視線はやめてっ！

それに、エルフさんだけじゃないからっ！

食堂で夕飯を終え、俺がコーヒーを飲んでいたところに、宿に帰ってきたお姉さん達。

彼女らが隣のテーブルに着いたところで、このやり取りである。

くっ……何とかこの場を離脱する言い訳を考えなくては。

何か……何かないか……？

そうだっ！

俺は、ガタッと大きな音を立てて立ち上がり、食堂の入口を驚愕した表情で見た。

「何……？」

食堂内の人の視線が入口に集まった。

『転移』して部屋へ。俺は離脱に成功した。

演技力の問われる技だが、完璧にやりきった。
さて、今日はもう寝るか……。
何やら食堂が騒がしい気もするが、知った事じゃない。
『結界』を展開して音を遮断する。
「明日はどうするかなぁ」と呟きながら、俺は意識を手放した……。

翌朝。
俺は『マップEX』で、お姉さん達が宿にいない事を確認した。
朝からギルドの依頼かな？　真面目だなぁ。
「……んっ」
体を伸ばし、起き上がる。
食堂で朝食をいただき、一度部屋へ戻った。
『転移』で周りに人のいない城壁の上に行き、タバコに火を着ける。
城壁の手摺り（てすり）に背中を預け、紫煙を吐く。
「そろそろ行くかな……」
ボソッと独り言（ひとりごと）ちる。
タバコの火を消し、携帯灰皿へ入れ『転移』、宿の部屋に戻り、片付けをする。

『アイテムボックスEX』に『指定収納』で入れていくと、あっという間に終わった。

宿の受付に行きチェックアウト。

北門から出て、旧ドワーフ国へ。

パンッパンッ。両頬を叩いて気合いをチャージ。

「……しっ！　行くかっ！」

鉱山都市フォディーナへ向かって出発した。


首都アライズを出て、街道をテクテク歩く。

頭の重みがなくなり少し寂しいが、この一週間、首都アライズでエルフさん達に、存分に癒してもらった。

エルフさん達、ありがとうございました。また今度、夜の騎士の訓練しましょう。

暗くなる前に、大きめな野営地に到着。

首都アライズまで一日という場所なので、利用者が多い。

スペースあるかなぁと、キョロキョロしていると声が掛かった。

「おう、兄ちゃん！　ソロなら隣、空いてるぞ！」

振り向くとドワーフが一人、テントの前でグラスを傾けていた。

「良いですか？」

「おうよ！」

「じゃあ失礼して……」

ニクス用に買ったショルダーポーチは、今はバッグ代わりに使っている。

そこからテントや野営用の道具を取り出して、ささっと設営完了。

さて、飯を作るか。

隣に人がいるので、簡単な調理にしてサッと作り上げる。

さて食べるか、というところで……。

「おう、兄ちゃん！　飲むか？」

酒がなみなみ入ったグラスをテーブルに置かれる。これ、もう飲めって言ってない？

「……じゃあいただきますね」

「おう！　飲め飲め！」

俺は溢れないようにグラスを持ち上げ、一口。

「……ゴホッ……キツッ！」

これは俺には飲めないぞ。

「むっ？　すまん、人族の兄ちゃんにはキツかったか」

「すみません、俺にはキツいですね。せっかく注いでくれたのに……」

「いや、儂の配慮が足らんかった。すまんかった」

「……ハハ、お互い謝ってばかりですね」

「ハッ、そうだな」

「謝るのは終わりにして、ご返杯を……」

俺は一度テントに入って、モルトウイスキーの十二年物とロックグラスを購入。ビンとグラスを片手にテントを出た。

テーブルに置いたグラスに、水属性魔法の上位、氷属性魔法で氷を作って入れる。もちろん透明で、大きな四角い氷だ。

ロックグラスに氷を入れ、ウイスキーをダブルで注ぐ。

マドラーは買わなかったから、スプーンでカランと一混ぜ。

「どうぞ」

ロックグラスを、スッとテーブルを滑らせて出す。

野営用のテーブルだから滑らせる程の大きさはないけど、まあ気分だ。

「ほう」

片手でグラスを持ち見回したあと、クイッと傾け、一口飲み込む。

カッと目を見開いた後、今度は目を瞑り、呟くように言った。

「……うまい」

どうやら気に入ってくれたようだ。

「こんなうまい酒は初めてだ。いろいろ教えてくれんか？　あぁ、すまん。儂の名はドゥバル、見ての通りドワーフ族で、鍛治職人をしておる。あと敬語もいらん」

捲し立てるように自己紹介までされた。

「ああ、分かった。俺はトーイチ、Dランク冒険者だ。とりあえず……飯食いながらでいいか？」

「ん？　おお、すまんすまん」

さて改めて飯にしようか。

「しかし、酒もとんでもなくうまいが、このグラスも見事だな。こんな透明度の高い物は見た事ない」

「あれ？　ベルウッド商会にこのくらいのあったと思うけど」

「ああ、確かにあの店のは質は高いな。だが、このグラスは二段階は上回ってるぞ」

ほぉん……俺には分からんけど、分かる人は分かるってか。

「俺はフォディーナに向かうんだが、ドゥバルはどこに行くんだ？」

「ああ、儂は首都での仕事が終わってな。行き先は……と言うより帰りだな。トーイチと同じフォディーナだ」

「行き先、同じなのか……」

「トーイチはフォディーナに、何の用なんだ？」

「新しい武器を求めて、だな」

「ほう……武器か。種類は？」

「できれば刀。無ければ片手剣かな」

「刀とは珍しいな……今の武器を見せてもらっても？」

「ああ、それが前の戦闘で壊れちゃってな」

「……壊れた？」

「折れたりするのが嫌だったから、硬化魔法を重ね掛けもしたんだけど、耐えられなかったみたいで……」

「ふむ……まあ、見せてみな」

俺はテントに戻って、虎月レプリカを取り出し、「ほら」とドゥバルに渡した。

「ふむ」

ドゥバルはしばらく鞘を眺め、それから柄（つか）を持ち、引き抜いた。

「っ⁉　トーイチ、硬化魔法使ったんだよな？」

「ああ」

「そうか……で、こんな使い物にならないモン、何でまだ持ってるんだ？」

「ん？　そうだな。今までお世話になったし、柄の部品とか、次も使えるかもしれない。あと仮にだけど、刀を打ってもらう時の参考になるかもしれないからな」

「なるほど」

俯(うつむ)いて黙っちゃったな……。

刀身が粉々になるような使い方したから、鍛冶職人的に許せんっ！　とか、そんな感じか？

「決めたっ!!」

ドゥバルがパンッと膝を叩き、顔を上げて、俺に向かって言う。

「トーイチ！　お前の刀、儂が打ってやるっ!!」

ドゥバル曰く。

「お前さんの実力は相当なもんだ。この刀はそれなりの代物(しろもの)だからな。それが壊れるってのは普通じゃねぇ。自分で言うのもなんだが、儂はそこそこ名が知れている。悪い話じゃないと思う。普通の素材じゃぁ、お前さんが使ったらすぐに壊れる。ミスリル以上の素材は欲しいところだな。鉱山近くのフォディーナダンジョン。その深層なら良い素材もあるだろう」

まあ確かに悪い話ではないけれど、俺にダンジョン行って素材取ってこいって事か？

「ダンジョンは確か上級だったはずだ。武器がねぇ？　そんなもん、俺の店のヤツを持ってきゃいい。もちろん儂も行くぞ！」

おかしいな。武器を買いにフォディーナに行くはずが、いつの間にかドワーフのおっさんと上級ダンジョンに入る事になっている……。

あれぇ？

翌日。

「……よく朝から飲めるな」

「ドワーフにとっちゃあ、酒は生命の水みたいなモンだからなっ！　ガッハッハッ！」

大声で笑うドゥバル。

俺は、まあいいかとスルーして朝食の準備だ。

朝食を済ませたら、野営地を出発。

「馬車……キャンセルしてよかったのか？」

「んあ？　構わん、急ぎじゃないしな。それよりお前さんと話してた方が面白そうだからな」

「仕事はどうするんだ？　そこそこ有名なんだろ？」

「ふん、欲しい奴は待ってればいい。儂は気が向いた時しか作らん、と言ってあるしな。それに完成報酬だからな。急いでいるなら他のヤツに作らせればいい」

フリーダムだなぁ……えっ俺が言うな？　知ってる（笑）。

「ふぅん……じゃあ、いっか」

道中、背の高い茂みから複数のゴブリンが現れた。

まあ『マップＥＸ』で、とっくに分かってたけどな。

何かゴブリンさんも久しぶりだ。さて、やるか……と思ったら、ドゥバルが飛び出していた。

ドワーフとは思えない速さでゴブリンに接近し、短剣で一閃、首を刎ねた。

そして、すぐに別のゴブリンに向かって行く。

複数のゴブリンを瞬殺し、ラスト一匹。

ドゥバルはまっすぐ接近したと思いきや上に飛び、回転しながらゴブリンを縦に両断した。

何それカッコいい。

「ドゥバル、強いんだな」

さすがに、ドワーフの戦闘スタイルじゃねえ、とは言わない。思ってても言わない。

「素材なんかは自分で取りに行くからな。強くならなきゃ、良い素材は手に入らん」

「仕入れって手もあるだろ？」

「欲しい素材の在庫がない時もあるからな。入荷を待つより、取りに行った方が早い」

「そりゃそうか」

話しながら、ドゥバルは解体を進める。

「手際良いな」

「まぁな」

「俺は解体ができないからな～」

できない、と言うよりはしない。だって『アイテムボックスＥＸ』内でやってくれるから。

ん～量の問題もあるし、ドゥバルには『アイテムボックス』の事は言っておいた方が良いかな。

「ほう……そんなスキルがあるのか。ふむ」

『アイテムボックスEX』の話をすると、はしゃぐでもなく考え込んでしまった。

やっぱりマズかったか……？　と思っていると、ドゥバルが口を開く。

「解体、分解、再構築ができるんだろ？　合成とか融合はできないのか？」

何か予想外の事を考えていた。

「やった事はないな。う～ん……無理だな、できないみたいだ」

「そうか。トーイチ、錬金術は使えるか？」

「いや、錬金術のスキルは持ってない」

「そうか、なら次の野営地で、ちょっと試してもらいたい事がある。いいか？」

「……別にいいけど」

「よし、じゃあさっさと行くぞっ！」


昼過ぎに次の野営地に着き、昼食を済ませると、ドゥバルが自分のマジックバッグから道具を取り出した。

朝の会話から察してはいるが、一応聞いてみよう。

「それは？」

「錬金の道具だ」

やっぱりか。いや、だから錬金術のスキルは持ってないんだって。

「やらなきゃスキルは取得できんだろう」

押し切られて、練習する事になった。

前に本で読んでメモしたな……と思い出し、そのメモを取り出す。

「……なんだ、メモがあんのか」

「前に本読んでメモしたヤツだな。忘れてた」

「分かりやすいな」

「そうなのか？」

「ああ。まあいい、始めるか」

材料は、俺が採取した物やドゥバルの持ち物でなんとかなりそうだったので、錬金を開始。

「水……は魔法で出しちゃっていいのか？」

「ああ」

「水を出して……魔力を加えて……これは魔力付与でいいのか？」

「ああ」

「次は薬草を適量投入して、魔力を込めながらかき混ぜる……」

「『付与』持ち相手には、説明がいらんから楽でいいな」

「そうなのか？」

俺は混ぜながら聞き返した。

「一般人にはまず、魔力を加えるという事が分からん。そうすると『付与』ができない。『付与』する前に、『魔力操作』をできるようにしなきゃならない。『魔力操作』は、生活魔法が使える程度じゃ覚えられんからな。ここから教えるのは、なかなか面倒だな」

「そう言われると、錬金術って面倒だな」

「だが鍛冶職人……特に魔剣クラスを作ろうってんなら、必須だな」

「はあ～鍛冶職人は大変だな」

「おっ、もうできるぞ」

「ん？　おお……色が変わった」

混ぜ続けた結果、ポーションが完成した。同時に脳内に軽い音とメッセージが流れる。

ピロン♪

『錬金術レベル1を取得しました』

『錬金術の取得に伴いＥＸスキル「大魔導」を取得しました』

錬金術と一緒に、良く分からない余計なスキルを覚えてしまったようだ。

何だＥＸスキル『大魔導』って……。

まあ、いいや。取っちまったもんは仕方ない。後で確認しよう。それより……。

「スキル『錬金術』を取得したぞ」

ドゥバルに伝える。

「……早いな。そしたらコレを『アイテムボックスＥＸ』に入れてくれ」

ポイポイっと何かを渡される。

「鉄鉱石と魔石だ。できるか？」

『アイテムボックスＥＸ』に入れようとすると、『必要レベルが足りません』と出た。

「レベルが足りないって……」

「ふむ、毒消しポーションは作れるか？」

「ん～。そうか、魔力水がボックス内にないから……」

俺は適当な容器を出して、水属性魔法で水を入れ、『錬金術』を発動。

作った魔力水を『アイテムボックスＥＸ』へ。

そして、分解、融合、再構築……できた。

「できたぞ。『毒消しポーション』」

『アイテムボックスＥＸ』から取り出し、ドゥバルに渡す。

ドゥバルはポーションと毒消しポーションを見る。

「……」

何か言ってくれないと不安なんですけどっ!? 「何だ、この出来損ないはぁっ!!」って、ちゃぶ台返しとかされそうだよ。ちゃぶ台ないけど。

「ふむ……初級のポーションだが、どちらも質が高い。凄ぇな……」

良かった。褒められると悪い気はしない。

「ドヤ顔してるとこ悪いが、さっきの鉄鉱石と魔石が錬金できるまで、レベル上げな」

「はっ？」

「レベル上げな」

「えっ？　マジで？」

「マ・ジ」

「いや、面ど……」

「やれ」

あれぇ？　俺が新しい刀を打ってくれって頼んだんじゃなくて、ドゥバルが自分から打つって言ったんじゃ……解せぬ。


みっちりしごかれた俺は、夕方まで移動し野営地に到着。

ここで野営してる人は、あまり多くないみたいだ。

早速野営の準備をしよう。

「トーイチ、昨日の酒をくれんか？」

「……昨日のは？」

「もうねぇ」

「マジか……あれ、結構高いんだぞ」

「いくらだ？」

「金貨二十枚」

「買った……ほら」

ドゥバルがチャリンと金貨を渡してくる。

「……はいよ」

俺がタブレットで買ったウイスキーの十二年物を渡すと、ドゥバルはスキップするぐらいの勢いで、自分のテントへ入っていった。

「まったく……」

しかし、さらっと金貨二十枚出したな。

そこそこ名が知れているって言ってたけど……まあ、いいや。

新しいスキルを覚えた事だし、ステータスをチェックしよう。

現在のステータス
名前：村瀬刀一（18）
種族：人間
職業：無職

称号：召喚されし者D　ランク冒険者　賢者　初級ダンジョン踏破者　中級ダンジョン踏破者
喫煙者
レベル：51
HP：10200　MP：10200
力：5100　敏捷：6120
魔力：8160　精神：10200
器用：7140　運：80
【スキル】
鑑定EX　アイテムボックスEX　言語理解
健康EX　マップEX　ステータス隠蔽・偽装
並列思考レベル4　気配遮断レベル10　速読レベル9
【戦闘系スキル】
剣術EX　短剣術レベル10　体術レベル10
縮地レベル10　狙撃レベル6　魔闘技レベル7
【魔法系スキル】
空間魔法EX　魔力感知レベル8　魔力操作レベル9
生活魔法　身体強化レベル10　付与魔法レベル9　音魔法レベル6

【生産系スキル】
採取レベル5　料理レベル4　錬金術レベル5
【EXスキル】
大魔導
【固有スキル】
女神の恩寵　タブレットPC

無職は変わらず……泣ける。

称号は『中級ダンジョン踏破者』が増えたか。『エルフ好き』とか付かなくて良かった。

『錬金術』がもうレベル5になってやがる。ドゥバルめ……絶許。

何か、能力値が凄ぇ上がってんな……。まあ原因はアレだろう、『大魔導』だ。

『鑑定EX』で見てみるか。

大魔導：MP、魔力、精神に常時プラス補正。魔法の威力、精度、効果にプラス補正。錬金術の精度、品質にプラス補正。MP消費軽減。MP高速回復。

うん、知ってた。

『ＭＰ高速回復』なんて、『健康ＥＸ』の効果と被ってるじゃん。

えっ？　重複可。あっ、そうですか……。

チートは自覚してたけど磨きがかかっちゃったよ、チクショイっ！

はぁ、もういいや。上級ダンジョンに行く事になったし、戦力アップはありがたい。

「寝るか」

俺はマイ枕を出して横になった……。

数日後。俺達はついに鉱山都市フォディーナに到着した。

ちなみに、到着前には『錬金術』がレベル10になっていました。

ドゥバル……マジ許さんっ！

「じゃあ宿を探してくる」

「おう。儂の店は商業ギルドの向かいだ」

「分かった。そうだな……夕方頃に行くわ」

「了解。また後でな」

鉱山都市フォディーナに到着してすぐに、別行動となった。

宿を探してチェックイン。

受付はロリ幼女……と思いきや、ドワーフの成人女性だった。

リアル合法ロリが存在するとは思わなかった。

紳士諸君、アヴァロンはここにあるぞ。

俺？　俺はあんまり……夜はどうすんだって？

んなもん、首都に転移するに決まってるだろ！　言わせんな恥ずかしい！

一応……念のため、歓楽街を見てみた。まだお昼なので開いてませんでした。

仕方ないので夜にもう一度、念のために来てみよう……念のためですよ。

さて、昼飯でも……と思い、飲食店を探す。

肉の焼ける良い匂いがしたので、匂いを放つ店へ。

すぐに席に着けたので、そのままランチを注文した。

料理をしてるマスターはドワーフのおっさん。ホールには合法ロ……ドワーフの女性。

二人で店を回しているようだ。

注文の品が届く。三百グラムの肉厚ステーキと、ライス、スープのセット＋銅貨一枚でランチドリンク付きだ。

早速、肉を一口……うまい。ミディアムレアで、塩胡椒とソースが抜群だ。

ライスもまあまあ。

スープはコーンスープかな？　塩味が少し強めだが、俺にはちょうど良い。

このスープの材料はコーンという名前ではないが、コーンスープの名称で通ってるらしい。転移者が関わってるな。

全て平らげて、ランチドリンクのアイスコーヒーをいただく。

お代を払い、店を出た。

「ごちそうさまでした」

満足満足。

道具屋に行き、『錬金術』のレベル上げに使った素材を買う。結構、使ったからなぁ。

新人冒険者の仕事が減っちゃうからやらない。経済は回さないとな。

『指定収納』で採取すればいいだろうって？

試験管のような容器が売っていたので、在庫を全部購入。作った薬品類の入れ物が不足してたから、ちょうど良かった。

道具屋の店主が、「えっ、マジで全部？」って顔してたけど、一括払いだ。

隣が金物屋だったので入店。

錬金釜の代わりに、大きい寸胴をいくつか購入。店主には「店でも出すのか？」と聞かれたが、返事は濁しておいた。

さて、次は……食料だな。まだ余裕はあるけど、一応補充しておく。

ドゥバルは食事込みの馬車に乗っていたらしく、酒しか持ってなかった。

本人は、酒さえあれば大丈夫とか言っていたが、さすがに食事なしはつらいだろうと思い、俺が作って与えたのだ。

途中の宿場町でも、宿や飲食店で食わないで俺にたかってきやがった。

ドワーフのおっさんを餌付けとか、誰得だよっ！　まあ、金は払ったから良しとしてやるが。

八百屋で野菜と果物、肉屋で肉を補充。魚屋はないな。

ん〜、こんなもんでいいか。

ドゥバルの店に行く前に、商業ギルドに行き、使わない魔物の素材を売った。

商業ギルドの向かいにある武器防具店はテールムというらしい。

これがドゥバルの店か……。

「デカイな……」

こんなに大きいとは思わなかった。あいつマジで有名な鍛冶職人なのか？

普通、商業ギルドの真向かいなんて一等地に店なんて持てないよな……。

ビックリしつつ入店する。

「っ!?　……おぉ」

高級店のような店内で、武器も防具も、高そうな物が多く置いてある。

見ていると、白金貨千枚の大剣があった。

高っ！　と思って値段の下を見ると、ドゥバルの名前が書いてある。

マジか。

でもまあ、確かに良い剣だと思った。

装飾が少なく武骨な印象を持つが……質実剛健と言えばいいのか……うん、凄いな。

周りの剣と比べると、明らかに格が違う。

語彙力に乏しいが……存在感が違うというか。うん、とにかく凄い。

俺がほへぇ～ってしていると、店員さん？　厳ついドワーフが声を掛けてきた。

「この大剣はオーナーが……」

「あ、そういうのいいんで」

俺が別の武具を見ようと、スタスタ歩き出すと……ガシッと肩を掴まれた。

「……何です？」

「……話を聞け」

ピシッと空気が張りつめる。

おい、何睨んでんだこら。

ゴスッ！

「オブッ!?」

「儂の客に何してんだ、お前は……」

ドゥバルが店員の脳天にチョップを落とし嘆息していた。結構いい音したけど……。

「つ～……オーナー？」

「ほら、さっさと仕事に戻れ」

「……はい」

頭をさすりながら、店員は仕事に戻った。

「まったく。すまんな」

「いや、別にいい」

「じゃあこっち、来てくれ」

ドゥバルの後についていく。

店の奥、長い廊下の先に地下への階段があった。階段を降りると重厚な扉がある。

「……ここは？」

「儂専用の工房だ」

ドゥバルがニヤリと笑い、扉を開ける。

そこには、予想より遥かにデカイ空間が広がっていた。

「意外と片付いてるな」

「おい。最初の一言がそれか……」

「ハハッ、悪い。だってお前、ガサツそうじゃん？」

「ふん、褒めるな」

「……いや。褒めてねぇから」

「ガッハッハッ！　まあいい、入れ」

　工房内は三部屋に分かれており、入口から入って順に、執務室兼応接室、鍛冶場、錬金室となっていた。

　ドゥバルは執務机で何か操作している。

　すると、ゴゴゴと室内の本棚が動き、新たな扉が出てきた。

「……隠し部屋？」

『マップEX』で見ると確かにあった。自分の隠し部屋とかちょっと憧れる。

　ドゥバルは隠し部屋に入った。

「トーイチ、こっちだ」

　俺も入ると、そこには大量の武具が並べられていた。

「数もだが……質も凄ぇな」

　どれもが一級品なのが、雰囲気で分かった。

「ここにある武器なら、お前さんの力にもある程度は耐えられるだろう。持ってけ」

「かなり良いヤツだろ？　持ってけねえよ」

「上級ダンジョンだからな。それなりの武器じゃねえとキツい」

「言ってる事は分かるけど……ほら、俺には魔法もあるし」

「んな事は分かってる。そのうえで言ってるんだ」

こりゃ、断れねぇな……。

「はぁ、壊れても知らねぇぞ？」

「気にすんな！　あと防具もな！」

「……えっ？」

「言ってんだろ、上級ダンジョンだって！　持ってけ！」

「分かったよ……はぁ」

仕方ない、選ぶか。嘆息しつつも、ちょっとウキウキしている俺がいた。

とりあえず、新装備はこんな感じになった。

武器：ミスリルソード（アダマンコート）

サブ：ミスリルコーティングの短剣

サブ：鉄杭

盾：なし

頭：なし

鎧：ミスリルライトアーマー

腕：ミスリルガントレット（指ぬき）

足：ミスリルブーツ

装飾品：なし

ミスリルソード（アダマンコート）：純ミスリルと魔鋼鉄の合金から打ったロングソード。魔力を通しやすく、多少の魔力増幅効果を持つ。アダマンコートにより耐久力が上がっている。

アダマンコート：アダマンタイトを液状に加工し武具に塗布する。効果は耐久力アップ（大）。

新装備を身に付けニヤニヤしていると、「なにニヤニヤしてんだ」と、同じくニヤニヤしているドゥバルに言われた。

ちっ、見られた。

「ドゥバル……これ、全部でいくらくらいだ？」

「ん～？　そうだな……白金貨五千枚くらいじゃないか？」

「……マジか」

「まあ上級ダンジョンに挑むなら、このぐらいの装備じゃねえとな」

なに？　上級ダンジョンってそんなにヤベェの？　帰りたくなってきたんですけど？

「壊れちゃったらどうすんだよ」

「壊れたら直す。身に付けてる奴が助かれば良いんだよ」

なんか、かっこいい事言われた。

さっきのお返しだ。

「黙って……何だ？」

「……身に付けてる奴が助かれば良いんだよ」

俺はニヤニヤしながら言ってやった。

「ちっ」

ドゥバルは舌打ちをして、隠し部屋を出て錬金室へ向かう。

「トーイチ、今度はこっちだ。早く来い」

「ああ」

ドゥバルさん、耳が赤いですよ（笑）。

あ、そうだ。

一応、上級ダンジョンであるフォディーナダンジョンについては調べておくか。

フォディーナダンジョン：鉱山都市に出現した洞窟型ダンジョン。洞窟型だが上級ダンジョンにカテゴリーされている。
主な魔物はゴーレム。ボスの主なドロップは鉱石など、鍛冶に有用な物が多い。
最高到達階層は七十二層。最終階層は百層と予想されている。
また魔物のドロップの他に、壁に鉱石が埋まっており魔物を倒した後に採掘するのが、このダン

ジョンでは一般的である。壁は一定時間経過で修復される。

◇◇◇

フォディーナダンジョン十層。

「フンッ！」

スパンッ！

ドゥバルのミスリルダガーが緑光の帯を二本走らせ、ウッドゴーレムグランデをバラバラにした。

ウッドゴーレムグランデが魔石と宝箱を残し、霧散する。

魔石を回収し、宝箱を確認。

「ほう、迷宮樹の苗(なえ)か。レアドロップだな」

ドゥバルが言った。

「そうなの？」

「木材の中ではかなり硬度が高く、建材には最適だな」

「ほーん」

「降りるぞ」

ドロップを回収して移動開始……いや。

「ドゥバル、ちょっと待った」

「どうした？」

『マップＥＸ』で見ると、隠し部屋を確認。行くしかねぇ！

「隠し部屋がある」

「マジか？　十層にあるなんて、聞いた事ないぞ」

魔力感知で……ここか。

「ドゥバル、ちょっと離れててくれ」

何もない壁を押す。

ガコン。ゴゴゴ……。

すぐ側の壁が開いていく。

「罠確認、魔力感知……大丈夫そうだな。よし入るぞ」

ドゥバルが頷いた。

「おう」

隠し部屋はトラップもなく、奥に宝箱があるだけだった。

「さて、何が入ってるかなっと」

ガパッと宝箱を開けると、中には、迷宮樹の木槌＆鉋（かんな）があった。

「こ……これはっ！」

俺が微妙だな、と思っていると、ドゥバルが喜びの声を上げた。

「……いる？」

「いいのかっ？」

ドゥバルは目を輝かせて、自分のマジックバッグにしまった。

「まさかこんなところで、こんな名品が手に入るとは……」

俺は、このダンジョンの隠し部屋の宝箱、全部工具じゃないだろうな、と不安を覚えた。

フォディーナダンジョン十四層。

「ん？　ここ、モンスターハウスだな。どうする？」

「儂はやってもいいぞ」

「じゃあ、さっさと殲滅（せんめつ）しますかね」

俺とドゥバルは、スイッチを押し壁が開いた瞬間、突入した。

「フッ‼」

「フンッ！」

スパンッ‼

大量のストーンゴーレムは、魔石を残し消滅した。

「このミスリルソード凄いな。ストーンゴーレムがバターみたいに切れる」

「多分、ミスリルゴーレムぐらいなら余裕で切れると思うぞ」

「……ほほう」

「お前さんの付与魔法もあるしな。アダマンタイトもイケるんじゃないか？　しかし『マップEX』も大概だよなぁ」

「便利だろ？」

「ダンジョン探索がこんなに楽なのは初めてだ」

「おう、もっと感謝しろっ！」

「ドヤ顔は引くぞ」

最後の敵を倒すと、部屋の奥の壁が開く。

中を覗くと宝箱があった。罠がないのを確認して開ける。

スカルプルムセット……石用彫刻刀もしくはノミ。

「……おぉっ！」

喜ぶドゥバル。

俺は落胆しつつ、先程と同じ言葉を絞り出した。

「……いる？」


フォディーナダンジョン二十層。

「『マグナム』っ！」

キュウウウゥウゥウ……ドンッッッ！

マグナムの一撃で、ストーンゴーレムエノルメの胸に大きな風穴が空いた。

そして、魔石と宝箱を残して霧散する。

スキル『大魔導』の影響だろう、魔法の威力が凄い上がっていた。

以前なら風穴を空ける程の威力はなかったと思う。対人の時は気を付けよう。

「さて、宝箱の中身は何だろうなっ！」

ドゥバルさん？　宝箱が工具だと思ってウキウキしてない？

カパッと開けると、石英×10だった。

落ち込むドゥバル。

「いや、ドロップは鉱石類が多いんだろ？」

「まあ、そうなんだが……はっ！　隠し部屋は？」

「この層にはないな」

「……そうか」

そんなに工具が欲しいのか、このおっさんは？

「ほら、階段の手前に行って野営するぞ」

ドゥバルの首根っこを掴んでズルズルと引っ張り、二十一層へ続く階段前に移動した。

安全地帯なので、今日はここで野営をする。

一応、端の方に行き、『結界』を展開した。

バーベキューコンロで肉を焼き、魔導コンロでスープを作る。

『アイテムボックスEX』から焼き立てパンを出し、野菜を切って、サラダを皿に盛りつける。

簡単だけど、こんなもんで良いだろう。

「ドゥバル、肉はできたか〜？」

「おう、バッチリだ！」

さて、食べようか。

「しかし『結界』もだが、『マップEX』も大変なスキルだな。一日で二十層踏破するとは思わなかったわ。しかも隠し部屋まで」

「ふっ……死ぬほど感謝しろ」

「ぷはぁっ！　ウイスキー十二年物はうまいな！」

「俺の話を聞けよっ！」


フォディーナダンジョン三十層。

ボスはブロンズゴーレムタイプW、レベル30。

「タイプWって、ウルフの事かよっ！」

回収して三十一層へ。

ドロップは魔石と、銅鉱石×20。

俺は『縮地』で距離を詰め、ミスリルソードを一閃、体を両断した。

ドゥバルがミスリルダガーを投擲(とうてき)。ゴーレムの足に突き刺さり、一瞬動きが止まる。

「多少、足が速い程度だっ！」

フォディーナダンジョン三十一層。

アイアンゴーレム、レベル31。

「……ハッ！」

スパンッ！

俺は横薙ぎにミスリルソードを振るい、ゴーレムを上下に両断し、魔石に変えた。

「鉄でもなんの抵抗もなく切れる。凄ぇなこの剣」

隣で、儂が丁寧に打ちました、みたいな顔はやめろ、ドゥバル。

フォディーナダンジョン四十層。

ボスはアイアンゴーレムバージョン2・02、レベル40。

アイアンゴーレムがアップデートされちゃってるじゃん……強いのかなぁ。

じゃなくてっ！

さっきの『タイプW』もそうだったけど……もう、確定だよっ！

このダンジョン、完全に現代人絡んでるよっ！

途中でオリハルコンとかゲットしたら帰ろうと思ってたけど……やめた。最後まで踏破しよう！

「トーイチ避けろっ！」

「うおっ……と、危ね」

「ぼ～っとしてんな！」

「ワリィワリィ」

アイアンゴーレムバージョン２・０２の攻撃をかわして距離を取る。

ミスリルソードを正眼に構える。

「『九龍閃』！」

敵は魔石と宝箱を残して霧散する。

「アイアンゴーレムの階層ボスを一撃とはなぁ」

本当は一撃じゃないんだけどな……。

俺は魔石を回収して、宝箱を確認。鉄鉱石×25だった。

『マップＥＸ』起動……隠し部屋があるな。

「ドゥバル、隠し部屋あるぞ」

俺は反応のある箇所を指差した。

「もうちょい右……ちょい下……そこ。魔力を流してみ」

ゴゴゴ……。

宝箱の中は、ドライバー、ペンチ、ニッパー、トンカチなどの工具セット。

もちろん全部ドゥバルにあげた。

四十一層に降りる階段前。今日の探索を終えて、野営開始。


フォディーナダンジョン四十一層。

スチールゴーレム、レベル41。

「……ふっ！」

スパンッ！

「『マグナム』っ！」

ズドンッ！

ふむ……スチール＝鋼鉄になったけど、まだ一撃でイケるか。

「ドゥバル」

「なんだ」

「鉱山都市に、鉱石の出るダンジョン。そして隠し部屋には工具セットだ」

「ふむ」

「このダンジョンは鍛冶職人を鍛えるモノじゃないか？　しかも意図的に……」

「……ありえる話だな」

「そうなのか？」

「ダンジョンの中には、ダンジョンマスターという、ダンジョンを自由に作り替える存在がいると聞く」

「ほう」

「そのダンジョンマスターが、儂ら鍛冶職人に有利なダンジョンを作り出した、という仮説は聞いた事がある」

「俺の仮説も似たようなモンだな」

それが転移者かも、って事はまだ黙っておくか。

「ドゥバル、このダンジョン……クリアするぞ！」


フォディーナダンジョン五十層。

ボスはスチールゴーレムマークⅡ、レベル50だった。

俺はボスの名前を見て思った。まさか……と。

「トーイチ、どうした？」

「……いや、何でもない。やるぞ！」

「おうよ！」

ドロップは魔鋼鉄×30だった。

「ほう、良いドロップだ」

「ドゥバル、ここも隠し部屋があるぞ」

「おっ、早速見てみよう！」

工具が出ると思ってウッキウキですね、ドゥバルさん。

スイッチを押して、隠し扉を開き中を覗く。

中には、台座に置かれた大きい宝箱と小さい宝箱の二つ。

「おおう、二つもある！　どれどれ……」

「ドゥバル、待てっ！」

俺の声に、ビクッとドゥバルの動きが止まる。

ドゥバルはこちらを振り向きながら言う。

「おっ、おう……どうした？」

「罠かもしれん。ちょっと待て」

俺は早速『鑑定ＥＸ』で見た。

『鑑定EX』でも、宝箱の中身までは分からないが、罠ならどうにか分かる。

……ん、面倒だな。

「二つとも罠があって、中身もある。どうする?」

「ふむ、そんなの決まっているだろう。二つとももらう」

「よし」

「「……せ～～～のっ!」」

カパッと同時に開ける。

ゴゴゴ……。

隠し部屋の入口が閉まり、部屋の中央に、魔法陣が二つ浮かび上がった。

「ちっ、召喚トラップか」

ドゥバルが呟く。

「二つ出たって事は一つずつ開ければ良かったな」

さて、やるか!

魔法陣から出てきたのは、スチールゴーレムナイト、レベル50と、スチールゴーレムアーチャー、レベル50だった。

「何でゴーレムがジョジ○立ちしてるんだよ……」

俺は気を取り直して攻撃をしかける。

『マグナム』と『九龍閃』。

イラッとしたので、瞬殺してやりました。

「一歩も動かないうちに倒すとは、お前さんホント鬼畜だな」

ドゥバルが呆れたように言った。

「後悔も反省もない！」

「やれやれ」

「んな事より、宝箱はどうだ？」

「おう、ちょっと待ってくれ」

ドゥバルが宝箱を覗き込んだ。

「大きい方に指輪、小さい方にブレスレットだ……」

「……工具じゃないのがそんなに悲しいのかよ」

無言のドゥバル。

「いやいや、それ結構レアだろう？」

『鑑定』すると、器用の指輪（大）と、力のブレスレット（大）だった。

「儂には分からんが……」

「そうなん？　器用の指輪と力のブレスレット。どっちも補正が大だぞ」

「なんとっ！」

「俺はいらないから、ドゥバルがもらってくれ。不要なら売るだけだし……」

「もらう！」

結局、ドゥバルが二つとも装備した。ニヤニヤしていたのは、今は黙っておいてやろう。


フォディーナダンジョン六十層、ボス部屋の前。

「今までの階層は、ほとんど人いなかったのに……」

俺達は現在、ボス待ちの列に並んでいた。

「このダンジョンで一番金になるのが、六十層のボスと七十層のボスなんだ。それぞれシルバーとゴールドだな」

「なるほど。レアドロップ狙いの周回組がいるのか……あれ？　でも最高到達階層って七十二層だろ？　七十層が周回できるなら、もっと進んでても……」

「素材は鉱山で、少量とはいえ採掘できるからな。ダンジョンは金稼ぎメインだよ」

「なるほどなぁ」

ダンジョンに入るのも鍛冶職人が圧倒的に多いから、攻略は後回しって事か。

「もう一つ。七十一層からのミスリルゴーレムが強いって事も原因だな」

「……ああ」

「金や銀は鉄よりも軟らかい。まあレベルの関係で多少硬いが、多少だ。ミスリルより全然なんとかなるワケだ」

「ミスリルゴーレムが硬くて倒せないって事か」

「まあ実際のところ、ミスリルの装備で揃えて行けば、もっと進めるだろうが……」

「ダンジョンで金策して、素材は鉱山で採掘、または仕入れした方が、鍛冶職人は効率が良い」

「そんな感じだな」

危険を冒すより全然良い。俺だってそう思う。

「ん？　ならドゥバルはどうして今回俺と来たんだ？」

「刀を打ちたいってのが一つ。あとお前さん、刀が壊れた時、『硬化』を使ったと言っていたろう」

「言ったな」

「こいつなら自分の打った武器を大事にしてくれる……そう思ったんだ。言わせんな恥ずかしい」

そんな事思ってたのか。

「……おい、何だそのニヤニヤしながら生暖かい目をしたツラは……」

「いや別に」

「くっ、言わなきゃ良かった」

この後、ボスの順番までドゥバルは一言も喋らなかった。

ボスのフルアーマーシルバーゴーレム、レベル60は出現した瞬間、ドゥバルの連撃にバラバラにされていた。

ドロップは銀鉱石×30だった。

隠し部屋の宝箱からは、魔力魔耐性アップ（中）の性能を持つ、銀のネックレスが見つかった。


フォディーナダンジョン七十層。

ボスはゴールドゴーレム１００式、レベル70だった。

やりやがった……。

漢数字を英数字にしただけじゃねえか。形も寄せてるよね？　特にサングラスっぽい目元と背中のウイングバインダー！

ちょっとカッコいいじゃん、とか思ってないんだからね！

あと肩に１００式って書くなっ！

「ドゥバル……ここは任せた」

俺にあのゴーレムは倒せん。

「……はっ？　おい、何言ってんだ？　くそっ！」

１００式がドゥバルに襲い掛かり、ドゥバルはミスリルダガーの腹で防御する。

「ぐっ……ふんっ！」

つばぜり合いの形から、ドゥバルが力任せに振り払った。

そして、１００式との距離を詰めていく。

「フッ!!」

カウンターで右拳を繰り出す１００式。

ドゥバルは身を低くしてかわすと、そのまま１００式の右脚を両断した。

１００式の横を通り抜け、少しだけ距離を取るドゥバル。

１００式は体勢を崩すが、左脚だけで立ち上がろうとする。

その姿は、「まだだ……まだ終わらんよ！」と言っているようにも見えた。

そんな事を思ってたら、ドゥバルが魔石とドロップした金鉱石×30を持ってきた。

「ほら、終わったぞ」

「まだだ……まだ終わらんよ」

「……はっ？」

「いや、なんでもない」

「隠し部屋は？」

ドゥバルがそわそわして聞いてくる。

「ああ、すまん。ちょっと待ってくれ」

『マップＥＸ』起動……あるな。

「ドゥバル……ここは俺がやる」

「おう？　どうした？」

俺は無言で隠し部屋の扉を開け、宝箱まで行った。

部屋の奥にある宝箱を開けると、部屋中央に魔法陣が浮かんだ。

光が収まると、一体のゴーレムが出現していた。

予想通りだ、この野郎！

ゴールドゴーレム１００式改、レベル70だ。

「出てこなければ、やられなかったのに！『ランチャー』！」

キュウウウゥウゥ……ズドォォオッ!!

１００式改は跡形もなくなり、壁が大きく抉れていた。

「やり過ぎだ、トーイチ」

「うん、ごめん……」

そうだ、『大魔導』の効果で威力が上がってるんだった。気をつけないとな。

宝箱の中身を確認すると、ゴールドメイル With ライブラだった。

「やかましいわっ!!」

なんでライブラ……七十層の七で、十二星座の七番目だから？　うるせえよっ！

「……なんなんだ一体。しかし、この鎧は見事だな」

ドゥバルはゴールドメイルを見て感心している。

「鎧なのに武器が六対もあるぞ。強度は普通の金じゃない……ミスリルに近いか」

「……次行くぞ、ドゥバル」

「おう」


フォディーナダンジョン七十一層。

ミスリルゴーレム、レベル71が現れた。

ギィイインッ！

なるほど、確かにミスリルの硬度が高い。

ドゥバルの攻撃も通ってはいるが、削るような感じにしかなっていなかった。

なら……。

「ドゥバル！　バフ掛けるぞっ！　『オールアップ』『硬化アップ』『耐久アップ』『斬撃アップ』『刺突アップ』」

「……おおぉ……これなら。……フンッ‼」

強化されたドゥバルが走り、ミスリルダガーを一閃。

ズバンッ！

「これがバフか。凄ぇな……」

ドゥバル自身が一番驚いていた。

「効果が切れたら言ってくれ」

フォディーナダンジョン八十層。

ボスはミスリルゴーレムZMSZ‐080、レベル80。

「はいはい……」

型式番号付けて、それっぽくしてやがる。よろしい、ならばやってやろう。

「歯ぁ食いしばれぇっ！　そんなゴーレム、修正してやるっ！」

ドゥバルが「何言ってんの、お前？」って感じで見ている。

俺は『縮地』で一気に距離を詰め、バフを掛けて、魔力を込めた右拳を振るった。

ガシャァァァンッ!!

ガラスが割れたような音を出して、ゴーレムは俺の殴った箇所から砕け散っていった。

おい、何だドゥバル。その「殴って勝っちゃったよ、この人……」みたいな顔は。

ボスドロップは、ミスリル鉱石×30だった。

ドゥバルが呟く。

「殴って勝っちゃったよ、この人……」

「言っちゃうのかよっ！　スルーしてたんなら、そのままスルーしてくれないっ？」

「……」

「そこスルーするのはやめてっ！」

「……そうだ、隠し部屋はあるのか？」

「話、変えちゃったよっ！　……はぁ、もういいか」

疲れた俺は『マップＥＸ』を起動する。

「……あるな」

俺の指示でドゥバルが移動していく。

「ストップ。ちょい右、ちょい前。その辺、魔力込めながら踏んで……」

ガコンッ。ゴゴゴ……。

「開いたな。入るか」

「おう！」

入ると扉が再び閉まり、奥の壁が開き始めた。

そこから、ガシッガシッと、ゴーレムがこちらに来る音がする。

俺は『鑑定ＥＸ』の準備をして、ゴーレムの姿が現れるのを待つ。

現れたのは、ミスリルゴーレムＺ＋ＭＳＺ‐０８０Ａ１、レベル80。

「……ていっ！」

ガシャァァアンッ。

「……よしっ、瞬殺！」

「何で膝蹴り……？」

「ん？　あぁ、シャイニングウィザードって技だ」

「いや技の名前は聞いてねぇから」

「さて、ドロップは……奥か。ミスリル魔鉱石×30だ」

ドゥバルが目を輝かせた。

「……おおっ！　コレコレ！」

「おっ良いのか？」

「この鉱石が面倒でな。トーイチに錬金してもらおうと思っていたんだ」

「お前、俺にやらせる気だったのか……」

「もちろん足らなきゃ、やってもらうがな！」

「やれやれ」


フォディーナダンジョン八十一層。

アダマンゴーレム、レベル81が現れる。

「トーイチ、バフ頼む」

「あいよ」

ドゥバルに全部盛りで、バフを掛ける。

「フンッ!!」

ギィィインッ！

「駄目だな……バフもらっても刃が欠けちまった」

「なら……俺がやるか。『縮地』」

俺はアダマンゴーレムの懐に飛び込み、胸辺りに肘を叩き込む。

ゴッ！

アダマンゴーレムは吹き飛ぶが、胸にひびが入った程度だ。

「硬いな……ならバフ掛けて剣で」

アダマンゴーレムが再びこちらに向かってきた。

「……フッ!!」

ズバンッ!!

袈裟に叩き切ると、アダマンゴーレムは魔石を残して霧散した。

「ふぅ。剣は……大丈夫そうだな」

「凄ぇな。アダマンゴーレムを切るとは……」

「お前の剣じゃなかったら、無理だったたな」

「……ふんっ」

「いや、ドワーフのおっさんのツンデレとかいらないから……」

「誰がツンデレだっ！」

「次の階で魔法、試しておくか……」

「無視かっ！」

八十二層で試してみると、『マグナム』で大ダメージ『ライフル』で貫通、『ランチャー』で消し飛ぶ、『キャノン』は怖くて使えません。

う～ん、『大魔導』のおかげで、魔法もまだまだイケるな。

「普通は攻撃魔法はほとんど効かない……というか弾かれるんだがなぁ」

なんでドゥバルくんは呆れてるんですかね？

フォディーナダンジョン九十層。

ボスはアダマンゴーレムZZMSZ‐090、レベル90。

「ミスリルゴーレムよりパワー型っぽいな……よし、下がってろドゥバル」

ゴーレムと対峙する。

ギィイインッ！

「……くっ！」

ゴーレムは俺に急接近し、ライフルのような物体で殴ってきた。

……鈍器かよっ！

心の中でツッコミを入れている間も、絶賛つばぜり合い中である。

重っ！

「……ぉらああっ！」

『身体強化』した前蹴りで突き放し、距離を取った。

「……さっさと終わらせる」

俺はバフを全部盛りにして、『九龍閃』を放つ。

ズバンッ!!

「ふっ……こんなところで朽ち果てる、己の身を呪うがいい」

ゴーレムは魔石と宝箱を残し消滅した。

ドゥバルが俺にジト目を向けている。

「お前、何言ってんだ？」

「聞かないで！」

呆れたドゥバルが話題を変える。

「アダマンタイト×20か。この量は初めて見るな」

「……そうなのか？」

「見た事あるのは、この一個の半分くらいだな」

『マップEX』起動。隠し部屋は……と。

「ドゥバル、隠し部屋……既にゴーレムがいるみたいだから待っててくれ」

「おう、分かった」
ガコンッ……ゴゴゴ……。
現れたのは、アダマンゴーレム・ディープ・ストライカー、レベル90だった。
「……浮いてるな」
重力魔法とかあるのか？
ありそうだな。それを付与しているのか？
しかし……デカいな。どうやって倒そう……やべっ。
デカい砲身に魔力が収束されていく。戦艦級メガ粒子砲だ。
キュウウウゥゥウ……ズドォォオッ!!
俺は『転移』で背後に跳んだ。
ドオオォォオンッッッ!!
……あっ、やべっ。ボス部屋の方向に撃たれたじゃん。
壁を見ると、貫通してない。良かった、ドゥバルも無事だな。
んじゃ、反撃するか。
『マグナム』を三発、背後から撃ち込む。
キュウウウゥゥウ……ドン、ドン、ドンッッッ!!
「っ!?」

『マグナム』は手前で弾かれた。

魔法防御壁か？

「やっかいだな……でも振り向くのは遅いな。浮かすのがやっとだったたって事か？」

でも、主砲の前に出なきゃ良いだけなんだけど。

ゴーレムはグオングオンと、ゆっくり回転している。

……いやいや、他の攻撃方法なしかっ!!

「まあいいや。『転移』。次は物理でっ！」

俺は再び背後に跳び、ミスリルソードを構える。

構えは突き技。バフ全部盛りで突進する。

ゴスッッッ!!

背後から中心部を貫くように、深く突き刺した。

「……」

俺はフラグを立てないように黙っている。

静かに落下し、ドロップと魔石を残して、ゴーレムは霧散した。

良かった良かった、物理は効いた。

さて、ドロップは～っと……デカかった割に宝箱は小っさいな。

まあいいかと、カパッと開ける。

「おおっ！　飛空石！」

よし、『鑑定ＥＸ』先生お願いしますっ！

飛空石：浮く程度の魔法が込められた特殊な魔石。重量・高度制限有り。

どちらかというと、浮遊石ってとこか。

微妙な感じ。とりあえずドゥバルに渡すか。

何か納得いかんな～と思いながら、ドゥバルと合流。

飛空石を渡すと、引っくり返るくらい驚いていた。

「これは、伝説のアイテムだ！」

「使い道はあるだろうけど微妙じゃね？」

「重量を変化させて浮かせる……」

「鑑定結果とほぼ変わらん。やり直し！」


フォディーナダンジョン九十一層。

オリハルコンゴーレム、レベル91が現れた。

「……おお」

良かった……九十一層だったからな。

で、ドゥバルは何でそんなに目光らせてんの？

「あれだけの量のオリハルコンがあれば……」

「いや、倒したら魔石だけだぞ」

「どれだけ武器が作れるか……」

聞いてないな。絶賛トリップ中？　……まあいいや。やりますか。

ミスリルソードを構え、どう攻めようかなと考えていると、向こうが攻撃してきた。

ギィイインッ！

「っ！　……速いな」

ギィイイン、ギィン、ガキィッッ!!

全身オリハルコンの拳の連撃。そして蹴り。槍のようなタックル。

ギィンッ！

「……っと」

『転移』で背後に跳ぶと、すぐにこちらに振り向き接近してくる。

オリハルコンゴーレムが右腕を振りかぶる。

ズガンッッッ!!

俺はカウンター気味に『縮地』で飛び込み、胸の中心辺りを抉る。

グラ……ァ……ズンッ……。

オリハルコンゴーレムは膝から崩れ落ち、沈黙。魔石を残して霧散した。

次の個体が現れたので、『ライフル』を放つ。

ドパァァアンッ！

「効いてねぇな」

少しへこんだくらいか。

「普通はへこみもしないんだがな」

ドゥバルが呆れている。

「なら、次は本気で……」

土属性で弾丸を圧縮、形成。

『硬化アップ』×2、『刺突アップ』×2、『雷属性出力アップ』、『回転力アップ』を付与。

「墜ちろ『ライフル』っ!!」

ヒィイイィイン……ドンッッッ！

紅い光の弾丸が、帯を引いてオリハルコンゴーレムの胸に吸い込まれる。

ビシィッッ!!

オリハルコンゴーレムは胸に小さな風穴を空け、立ったまま霧散し、魔石を落とした。

「フッ」

「……ほら九十二層行くぞっ」

「ドゥバルさん、スルーっ⁉」


フォディーナダンジョン九十三層。

九十二層から九十三層へ降りて、『マップＥＸ』を起動する。

二部屋しかないな……。

何度『マップＥＸ』を見ても、今いる部屋と、奥の部屋しかない。

九十三層だろ？　もう絶対『伊達（だて）じゃないヤツ』がいるじゃん！

「ドゥバル」

「ん、なんだ？」

「ここ、ボス部屋だ……」

「こんな中途半端な階層がか？」

「あぁ、間違いない」

「そうか。なら儂はここで待っていた方がいいか……。よし、気を付けて行ってこい！」

「あぁ」

扉の先にいたのは、オリハルコンν（ニュー）ゴーレムＲＸ‐93、レベル93。

ファンネルとシールドが随分カッコいいな、おい。

そう思っていると、νゴーレムが突進してくる。

俺はミスリルソードで防ぐが、吹き飛ばされてしまう。

ドンッ！

「……ッ！　ちっ……」

ズサァッと滑りながら着地して、νゴーレムを見る。

「ッ⁉　マジか……」

ファンネルが浮いていた。

ギギギィィン！

ミスリルソードで弾き、構え直したところに、νゴーレム本体がシールドを前面に出して突っ込んでくる。

俺はνゴーレムの背後に『転移』して、『ライフル』を三発。

ドン、ドン、ドンッ！

紅い三発の複合魔法がνゴーレムへ向かう。

バシィッ！

素早く振り向き、シールドで防がれる。同時にファンネルが突っ込んできた。

再度『転移』で背後に回り、『縮地』で一気に懐へ。

「『九龍閃』‼」

振り返る前に、バフ全部盛りの神速の九連撃を叩き込んだ。

νゴーレムは、シールドとファンネルを残し霧散した。

「……ふぅ」

ドロップは、オリハルコン製のシールドとファンネルだった。

……ファンネルは、ファンネル型のオリハルコンって感じだな。

俺はドロップを回収して、そのまま隠し部屋へ向かう。

そこにいたのは、オリハルコンＨｉ‐νゴーレムＲＸ‐93‐ν2、レベル93。

キィィイイィン……。

「……？」

デカい大砲を構え、こちらを向いている。砲身の先に、ピンクの光を収束しているようだ。

おいおいおいっ。まさか……溜めてる？

キィィイイィン……。

やべっ。『転移』だ。

ズドォォオォオォォオッツ!!

隣の部屋まで貫通してるじゃねえか。シュ～とか音出ちゃってるし……。

だが……撃った後が隙だらけだ！

「『ランチャー』!!」

キュイィン……ズドォォオッ！

背部のファンネルが動き、ファンネルを頂点にして、三角形のバリアを形成した。

バリア⁉

「……っ⁉」

「マジで無駄にクオリティが高ぇっ！」

六つのファンネルのうち、三つをバリアに、残りの三つが俺に突っ込んでくる。

何で大砲撃てるのに、ファンネルを突っ込ませるんだよっ！

突っ込みを入れつつ、ミスリルソードで弾き返す。

ギィンギィンギィンッ。

そして『縮地』でバリアの正面に接近し、そこから『転移』して、Hi‐νゴーレムの懐へ跳ぶ。

……喰らえ。

ズドォォオッ‼

コックピット部分を、ミスリルソードで深く貫く。

ツインアイ部分の光が消え、動きを止めた。

そこ、光ってたんだ……気が付かなかったよ。

Hi‐νゴーレムは、ファンネル型オリハルコンと魔石を残し、霧散した。

νゴーレムのいた部屋に戻り、ドゥバルと合流し、九十四層へ向かう。

隠し部屋はもう、百層までないかな？

何やらフラグになりそうな事を考えながら、九十四層への階段を降りて行く。


フォディーナダンジョン九十九層。


「……ん」

「どうした？」

「……ここも多分ボスだな」

「ふむ……じゃ儂は待ってる。がんばれ」

「……お前、だんだん適当になってないか？」

「そうだ、ウイスキー置いていってくれ」

ゴスッ！

「オフッ……おい、無言でチョップするな」

涙目で頭を擦りながら抗議するドゥバル。

無視して俺はボス部屋に行く。もちろんウイスキーは出してやらん。

「おい、ウイス……」

ゴゴゴ……ズズン。

ドゥバルが何か言っていたが、ボス部屋の扉が閉まったので知らん。

召喚の魔法陣が浮かび、光り始める。

光が収まり、現れる大きな影。

現れたのは、オリハルコンネオゴレングNZ-99、レベル99。

「……そう来たかあ、ゴレングって何だよ」

赤くないから違和感が凄い……。

サイコシャードっぽいリングなんて、使い道あるのか?

……なんて思っていると、俺の考えを読んだのか、ネオゴレングはリングをぶん投げてきた……って、おいぃぃぃっ！　『転移』！

ズドォォオォォンッ……。

投擲武器かよっ！　っ～か、んなデカいモン投げんなっ！

……ん、投げっ放し……？　……一回だけかよっ！

投げられたリングは壁に当たって、落ちた場所からピクリとも動かなかった。

マジで投擲武器だったらしい。

次にネオゴレングは、六本の腕を動かし、有線式の指ファンネルを射出する。

「つまり、都合三十本の指ファンネルか……」

指ファンネルは魔法こそ撃ってこないものの、自動追尾で、なかなかの速度で突っ込んでくる。

俺は背後に『転移』で跳んだが、追尾された。

「っ⁉　ちっ……」

ギィンギィンギィンッ！

ミスリルソードで弾き、『縮地』で距離を取って『ランチャー』を放つ。

ズドォォオッ‼

「バリアもあんのか……」

こちらの攻撃も弾かれた。

「……いいだろう。ならば見せてやろう！」

『身体強化』×2、『拳硬化』×3、『魔力付与』×2、『衝撃アップ』×2、『打突アップ』×2、『刺突アップ』×2、『斬撃アップ』×2、『雷属性』×2……バフ盛り盛りで殴り飛ばす！

俺は全身から黄金色の魔力を噴き出し、三十本の指ファンネルへ突っ込んだ。

「おらあっ‼」

ドドドドドドドドドドドドッ‼

高速連打で、指ファンネルを殴り砕いていく。

そして、最後の指ファンネルを砕き、ネオゴレングの眼前へ。

「ラストォォオッ‼」

ドゴォオオォォッ‼

俺の拳が中心を打ち砕き、戦闘は終了した。

「ん？　……魔石は出たけど他にドロップなしか？」

周りを見渡すと、投擲武器の、デカいリングが残っていた。

「……ぇぇぇぇ」

違うな、リング型の投擲武器だな……。

ドゥバルには、これを加工してもらうか。がんばれドゥバル、応援はするぞ。

俺はソッと『アイテムボックスＥＸ』に回収した。

隠し部屋はなし。

いよいよ百層か。


フォディーナダンジョン百層。

「儂が百層まで降りるとはなぁ。絶対ないと思っていたんだがなぁ」

ドゥバルがそんな事を言い出した。

「まあ、お前さんが一緒じゃなきゃ無理だったろう。最後まで見せてもらうわ」

ふむ、ソウシ先輩だったら、オールグーパンで踏破してしまいそうだが……。

「着いたか。今までのより荘厳な扉だな」

「じゃあ儂はここで待っていよう。気をつけてな」

「ああ。んじゃ、ちょっと行ってくる」

そう言って俺は、扉を開けて中に入る。
少し扉から離れると、扉は勝手に閉まっていった。
扉が完全に閉まり、ボス部屋中央に魔法陣が浮かび、激しく光り始めた。
明滅を繰り返し、やがて光が収まると、そこには白い影があった。
ユニコーンゴーレム、レベル100。
うん、まあ予想通り。
ゴーレムが右手に持っていた銃を構えた。
キュウウウゥウ……ドンッッッ！
「やべっ。『マグナム』！」
キュウウウウゥウ……ドンッッッ！
俺は咄嗟に『マグナム』を撃ち放つ。
二つの光弾が、俺とユニコーンゴーレムの間でぶつかり弾ける。
ズガァアアンッッッ……パリ……。
上手く相殺（そうさい）できた。って、『転移』で逃げれば良かったわ。
少しホッとしていたら、ユニコーンゴーレムがシールドを前に出し突っ込んでくる。
ガギィイインッッ！
俺はミスリルソードで受け止める。

重っ……。

俺は体ごと右に回転し受け流し、『縮地』で距離を取って『ランチャー』。

ヒィイイィィン……ズドォォオッ!!

「ちっ……」

こいつもバリア持ちかよ。

さてどうするか、と考えていると、ユニコーンゴーレムは動きを止めた。

様子を見ていると、なんと変身し始めた。

「……おいおいおいおい、マジかよ」

『ユニコーンゴーレム《NT - D》レベル100』

「何それ、カッコいい……じゃなくて」

赤い光の帯を残して、ユニコーンゴーレムが再び突っ込んでくる。

「速っ……」

ガギィイインッ!

「ぐっ！　近接武器もあるのかよ」

ググッとつばぜり合いになる。

「重い……『身体強化』……フンッ」

身体強化魔法を使い、力任せに押し戻す。

少し距離が開いた瞬間、バフ全部盛りの『九龍閃』だ!!

神速の九連撃を叩き込み、シールドごと切り裂く。

が、まだ足りていなかったようだ。

ユニコーンゴーレムがツインアイを光らせ、再び動き始める。

ガンッ!

シャイニングウィザードを叩き込む。

よろけて後ろにたたらを踏み、隙だらけになったところを撃ち抜くっ!

ガスッッッ!

コックピット部分をミスリルソードが深く貫くと、ツインアイの光が消えていき、ユニコーンゴーレムは動きを完全に止めた。

ふぅ。終わったか……。

魔石とドロップを回収して、ドゥバルを呼び入れる。

「……終わりじゃないのか?」

「ああ。百一層がある」

「百一層……?」

「多分……ダンジョンマスターだ」

俺達は百層ボス部屋の奥へ進んだ。

フォディーナダンジョン百一層。

「……本当に百一層があるとはな」

ドゥバルが唸った。

降りてすぐのところに扉があった。

「……やっぱりボスじゃないな」

「分かるのか？」

「なんとなくだけどな」

「しかし、取っ手も何もないぞ。どうやって開くんだ？」

扉の前に来ても動き見せないので、あちこち触ったり、魔力を流してみたりと試すも、びくともしない。

「ふ〜〜む……ん？　あ、やっぱりコレ使うのか」

少し暗くて見えなかったが、扉の脇に、小さい四角い穴があった。

俺は『アイテムボックスＥＸ』から、四角い箱を取り出す。

ユニコーンゴーレムのドロップ、ラプラスの鍵。

箱なのに鍵とはこれいかに……。

「それは？」

「さっきのボスのドロップだ。どうやら、この扉の鍵みたいだな」

ドゥバルに見せてから、脇の穴に嵌め込む。

ゴゴゴ……と扉が開き、奥へと続く道が現れる。

「行くか」

「……おう」

道を奥へ進んで行くと、また扉が出てきた。今度は鍵などはないようだ。

『マップEX』で確認して扉の向こう側に敵意を持つ存在はいない。

まあ、だからといって敵ではない。という事とは違うが……。

俺は扉を開けた。

最奥の部屋で待ち構えていたのは、小さいオリハルコンゴーレム一体だった。

「待ッテイタ、日本人ノ魂ヲ持ツ者ヨ」

「ゴーレムが喋っただと？」

ドゥバルが疑問を口にするが、俺は無視して問いかける。

「分かるのか？」

「『ラプラスノ鍵』ハ『日本人ノ魂』ヲ持ツ者ニシカ、ドロップシナイ」

「なるほど……」

「おい無視か」

「ドゥバルうるさい」

ドゥバルを黙らせ、話を続ける。

「……で、お前がダンジョンマスターなのか？」

「違ウ。私ハダンジョンノ管理者」

「マスターは？」

「モウ二百三十六年、帰ッテキテイナイ」

「……そうか」

このダンジョンだけじゃ判断しきれないが、とりあえず、ベルセダンジョンのヤツとは別人か。

ちょっと会って酒とか飲みたかったな……

「それで、待っていた……ってのは？」

「日本人ガ来タラ渡セト、マスターカラ預カッテイル。コレダ」

「……コレは」

感応石：魔力を通して脳波の受信・発信を可能にする。錬金術でしか作製できない特殊な魔石。
錬金術大全集下巻（極の書）：大全集最終巻。超上級の錬金レシピを記載。

感応石って……ほとんどアレやなぁ。頑張って錬金して作ったんだろうな。

レシピ集は素直にありがたい。

「……ん、ありがたくいただくよ」

俺は受け取り『アイテムボックスＥＸ』へ。

「で、お前はどうするんだ？」

意味のない質問だと思ったが、俺は聞いてみたかった。

「私ハダンジョンノ管理者。コレカラモダンジョンノ管理ヲ続ケル」

「……そうか。なら俺達はもう行くよ」

「アチラニ出口ヘノ転移陣ガアル。使ウトイイ」

ゴーレムが指を差す。

「ああ、使わせてもらう。ありがとな」

俺達が転移陣に乗ると、足元から光が溢れてくる。

「マタ来ルトイイ」

「っ⁉　……ああ、また来るよ。じゃあな」

「また」という言葉に驚きつつも、俺はそう返した。

お互いに右手を上げて別れる。

「儂、空気だったな……」

ドゥバルがなんか言っているが、まあ放っておこう。

「無視かっ」

ベルセのダンジョンマスターは転移者だった。ここのダンジョンマスターも転移者だ。

ダンジョンと転移者……何か関係があるのか？

そもそも転移者は、そんなにポンポン召喚されるものなのか？

豚王みたいな人間が多いのか、もしくは……別の何かの意味がある？

「なあドゥバ……何、泣いてんだ？」

「……無視するからだろう」

「悪かったな。で、この世界の宗教とか神様とかって、どんな感じなんだ？」

「ああ、宗教ねぇ……。儂はほとんど知らん。『ネフィリス教が過去に潰された』くらいしか分からんなぁ。神の事も詳しいワケではないし……」

ドゥバルくん、素材と鍛冶と酒しか興味なさそうだもんね。

「ふむ。……例えばドワーフで祀ってる神様とかいないのか？」

「鍛冶神ってのはいるみたいだか、名前は知らんな。あと特に祀ってるとかもなかったと思う」

鍛冶神は存在してるっぽいのに、名前を知らない？　どういう事だ？

「有名な女神とか創造神とかもいないのか？」

「知らんな。すまん。儂が知らないだけかもしれん」

……ふむ。図書館で調べた時も、神様の話は出てこなかった。

少し……いや、かなりおかしいな。今度、調べてみるか。

「その辺り、詳しいヤツとかいるか？」

「ん～、エルフ……それもハイエルフなら詳しく知っているかもしれん」

「そうか、ありがとなドゥバル」

「おう？　なんだ、いきなり。気にすんな」

ハイエルフか。美人さんなんだろうか？


ダンジョンから戻って、ドゥバルの店でまず俺がした事は……。

「ドゥバル……刀は後で良い。まず、コレを見ろ」

ドゥバルにタブレットを渡し、日本のロボットアニメを見せた。

見終わったドゥバルの第一声は、「私は帰って来たぁぁぁっ!!」だった。

フッ、良いセンスしてるぜ。

「トーイチ……ファンネル作るぞ！」

「お前にもオールレンジ攻撃の浪漫が理解できたようだな。待っていたぞ……ドゥバル！」

俺達は、ガシィッと熱い握手を交わした。

その日は材料の調達に奔走し、翌日から研究、開発を開始した。

「ベースは、ファンネル型オリハルコンを少し加工すれば問題ないだろう。必要なのは、感応石と飛空石の数と転移石の改良だな」

「感応石と飛空石は分かるが、転移石の改良って？」

「ビームの代わりに魔法を撃ち出す」

「なるほど……魔法は術者が、そして術者からファンネルへ魔法を転移させて、撃ち出す形にするワケか」

さすがドゥバル。すぐにそこまで思い付くのか。

「じゃあトーイチ、錬金を頼むぞ」

「……は？」

「錬金を頼むぞ」

「いや、聞こえなかったんじゃなくて……俺？」

「……お前しかできんだろう？」

「……えっ、ドゥバルは？」

「儂は加工がある。オリハルコンはさすがに時間が掛かるからな」

「……」

「それにそんな難しい錬金は儂にはできん。お前さん頼りだ」

くっ、何も言い訳が思い付かん……仕方ない。

「……はぁ、分かった」

「ああ、追加で『結界』を魔石に付与しておいてくれ」

「……分かった」

こうして俺は日中は錬金に勤しみ、夜は首都アライズへ通った。

ドゥバルは日中はオリハルコンの加工、夜はロボットアニメのマラソン試聴という、忙しい日々を過ごした。


数日後。

「……完成だ」

「ついにできたな……名前はあるのか？」

「もちろんだ！　その名も、オリハルコン製無線誘導飛行式小型魔法砲台、スクエアビットだ」

「……長ぇな」

「スクエアビットでいい」

「……性能は？」

「まず転移石からの魔力供給で浮遊。各所に付けた風属性魔法付与の魔石をスラスター代わりに、飛行や移動を可能にした。それを感応石で、術者の思考で誘導するのだ」

「なるほど」

「一番苦労したのが、スクエアビットを起点に『結界』を展開する機能だな。だが可能にしたぞ。

起点を三つ以上で展開可能だ！」

「おお、バリアも再現しちゃったか。やるなドゥバル！」

「……ふ、それほどでも……あるな。ガッハッハッ！」

「あとはもともとオリハルコンなのに、耐性系を付与した魔石も組み込んであるからな。鈍器としても盾としても使えるし、お前さんの強力な魔法にも十二分に耐えられるだろう」

「完璧だな」

「そうだろう……ガッハッハッ」

「オーナーうるさいですっ！　店じゃなくて工房でやって下さいっ！」

「ごめんなさい」

ドゥバルの工房に場所を移動し、続きを始める。

「で、これが……オリハルコン製ライトアーマー、マジックタイプ‐ディレクション。略してＭＴ‐Ｄだ」

ドゥバルくん、翻訳間違ってない？

「このＭＴ‐Ｄは、オリハルコン＋ミスリル魔合金＋感応石＋転移石を融合、インゴットにしてから作り上げた特製のライトアーマーだ」

うん、知ってる。だって融合したの俺じゃん。

アレがこのライトアーマーになったのか～。

「コレに魔力を流す事で、スクエアビットが操作可能になるワケだ。さらにアーマーの溝部分には、耐性系を付与した魔石を液状にして流し込み、固めてある。普段は赤い魔石が魔力を流して、起動する事で緑に輝き、アーマーの性能を底上げするぞ！」

……カッコいいじゃねえか。

っ～か、魔石の色を変えるって凄いけど、必要なくない？　まあ、いいけど。

「トーイチ、盾はどうする？　必要なら同じ加工するが……」

「ん～、盾はいいわ」

「分かった」

刀は、錬金が必要なモノは俺が用意して、ドゥバルは打つ事に専念した。

ドゥバルが打ち始めてからは、俺はぐうたらしまくり、宿でゴロゴロ、アライズでゴロゴロしていた。

二週間が経過した辺りで、宿にドゥバルの店から使いが来た。

俺は使いの人と一緒に、ドゥバルの店に足を運び、工房へ入った。

「……お、来たか」

「完成したのか？」

「ああ、満足いくモノが打てた。見てくれ……」

ドゥバルから刀を渡され、俺は鞘から引き抜いた。

キィイイィンと音が鳴るような、そんな印象を受ける刀。

白金に、鮮やかな緑が混じるように輝く刀身。

峰に近い側に魔石が流し込まれていて、赤く輝いているが、魔力を流すと緑に輝き始める。

「凄いな……」

刀なんて詳しい事なんてほとんど分からないが、そう呟き、ドゥバルを見る。

「お前さんのステータスに合わせて、一般的な刀より少し長く、重くしてある。振るバランスも良いはずだ。アダマンタイトとミスリルの魔合金を芯に、オリハルコンを融合して打ってみた。初めての試みだったが、純オリハルコンより強度も切れもあると思う。ミスリル魔合金の影響で、魔力の流れも純オリハルコンより良くなっている。バフのノリも良いはずだ。鞘も同じ金属で作製したからな。鈍器としても盾代わりにもなるだろう」

ドゥバルから刀の説明を受け、最後に刀の名前について聞かれる。

「……で、名前どうする？」

どうするかなぁ。

「……名前はちょっと考えてくるわ。少し時間くれ」

「……そうだな、分かった」

「で、ドゥバル。装備の代金はどのくらいだ？」

「いらんいらん、そんなモン。儂が作りたくて作ったんだからな」

「そうは言ってもな」

「納得せんか。なら、アレ。あのでっかい輪っかがあったろう？」

……サイコシャードっぽいリングの事かな？

「アレもオリハルコンだろ？　アレでいい」

俺は『アイテムボックスＥＸ』からオリハルコンを出して、床に置く。

「コレでいいのか？」

「おお、それそれ。それだけのオリハルコンがあれば釣りが出る」

ドゥバルは嬉々として受け取り、工房へ運んでいった。

刀の名前か。難しいな。

とりあえず夕食を食って、アライズに行くか。


「……はっ？　俺はいつの間に」

しまった。知らないうちに賢者モードに入って、一日の記憶がまったくない。

おのれエルフさんめ……ありがとうございます。

アライズの方向にペコリと頭を下げる。

……いやいや、賢者モードで一日無駄にしてしまった。

それで、刀の名前か。思い付かん。

とりあえず昼飯、カレーでも作るか……。

フォディーナの外に『転移』して、カレーを作る。

生卵を落として食す。

「……うむ、うまい」

アイスコーヒーとタバコで食後の一服。

「すぅ……ふぅ～」

一服しながらタブレットを開く。何か参考にできないかね？

『カッコいい漢字』で検索。二文字、三文字、四文字……ん～、ピンと来ない。

「……宿に戻るか」

フォディーナの宿に戻り、ベッドに座りながら、刀を鞘から引き抜いて眺めてみる。

刀身の溝に流し込まれた魔石が、紅く輝いている。

魔力を流すと、今度は鮮やかな緑色に輝き始めた。

「……ふむ。宝石みたいだな」

そういえば、さっき見た漢字二文字に……あった。

「ん、決まりだ」

俺はドゥバルの店に行き、工房へ顔を出す。

……顔パスになっちゃってるのはどうなんだろうか？

「ドゥバル、刀の名前決まったぞ」

ちょうど机で書類作業をしていたようで、俺が工房に入り声を掛けると、ドゥバルは顔を上げた。

「おう、決まったか。ちょっと待て」

俺はソファーに座り、ドゥバルを待つ。

「ほれ、コーヒーでいいだろ？」

「ああ、悪いな」

ドゥバルは俺にコーヒーを渡し、ドスンッと対面のソファーに座る。

「……で、何て名前にした？」

俺はテーブルに刀を置いた。

「琥珀（こはく）。この刀の名は、琥珀だ」

「琥珀……良い名だ」

鉱山都市フォディーナ門前にて。

「世話になったな」

「儂の方こそな。お前さんがいなきゃ、こんな良い装備は作れんかった」

「お互い様だ。ドゥバルがいなきゃ、こんな良い装備は手に入らなかった」

「ははは。次はどこに行くんだ？」

「旧エルフ国だ。調べたい事もできたしな」

「そうか。まあ、お前さんの事だ。心配なんぞいらんだろうが……気を付けてな」

「ああ……。ドゥバルもまあ、アレだ。元気でな」

握手を交わし、俺は鉱山都市フォディーナから旅立った。

エルフさんめっ！　待っているがいいっ！

俺は意気揚々と歩き始めた。

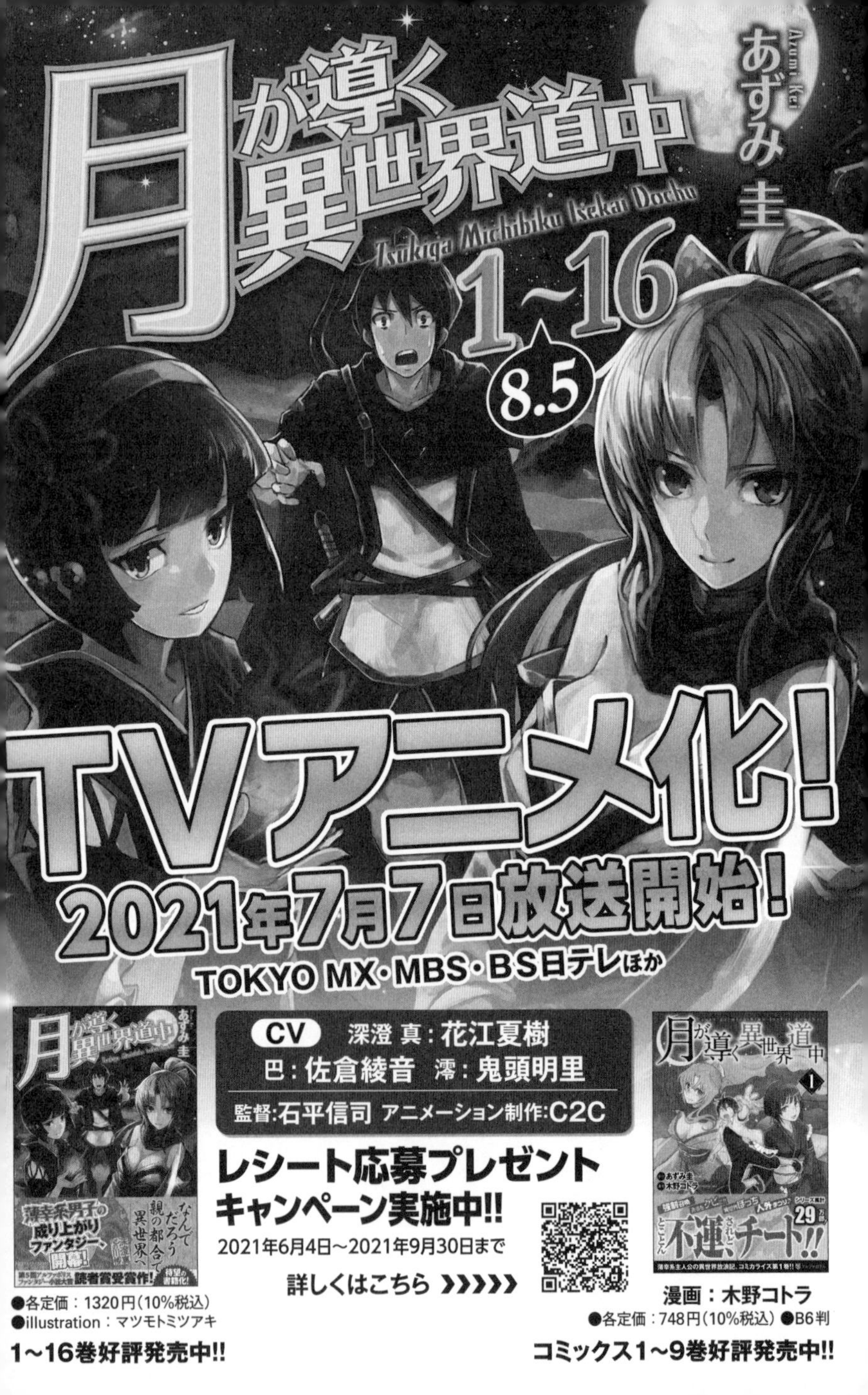
月が導く異世界道中
Tsukiga Michibiku Isekai Dochu
あずみ圭
Azumi Kei
1~16
8.5
TVアニメ化!
2021年7月7日放送開始!
TOKYO MX・MBS・BS日テレほか
CV 深澄 真:花江夏樹
巴:佐倉綾音 澪:鬼頭明里
監督:石平信司 アニメーション制作:C2C
レシート応募プレゼント
キャンペーン実施中!!
2021年6月4日~2021年9月30日まで
詳しくはこちら
●各定価:1320円(10%税込)
●illustration:マツモトミツアキ
1~16巻好評発売中!!
漫画:木野コトラ
●各定価:748円(10%税込) ●B6判
コミックス1~9巻好評発売中!!

泣いて謝られても教会には戻りません！

追放された元聖女候補ですが、同じく追放された『剣神』さまと意気投合したので第二の人生を始めてます

婚約破棄され追放されたけど…

実は神様の癒しの力、持ってました!?

アルファポリス
第13回
ファンタジー小説大賞
大賞
受賞作！

根も葉もない汚名を着せられ、王太子に婚約破棄された挙句に教会を追放された元聖女候補セルビア。

家なし金なし仕事なしになった彼女は、ひょんなことから『剣神』と呼ばれる剣士ハルクに出会う。彼も「役立たず」と言われ、貢献してきたパーティを追放されたらしい。なんだか似た境遇の二人は意気投合!

ハルクは一緒に旅をしないかとセルビアを誘う。

――今まで国に尽くしたのだから、もう好きに生きてもいいですよね?

彼女は国を出て、第二の人生を始めることを決意。するとその旅の道中で、セルビアの規格外すぎる力が次々に発覚して――!?

神に愛された元聖女候補と最強剣士の超爽快ファンタジー、開幕!

◉定価：1320円（10%税込）　◉ISBN：978-4-434-29121-0　◉Illustration：吉田ばな

えっ、能力なしでパーティ追放された俺が
e, nouryokunasi de party tsuihou sareta ore ga zenzokusei mahou tsukai!?
全属性!?魔法使い!?
~最強のオールラウンダー目指して謙虚に頑張ります~
著 たかた ちひろ
Ill. たば
無能と言われ続けた俺が全属性魔法使いに覚醒!!!
賑やかな仲間達と楽しく謙虚に暮らします!!
覚醒から始まる、一発逆転&成り上がりファンタジー!
冒険者のタイラーは、誰でも発現するはずの魔法属性がないことを理由に、ダンジョンの最奥に置き去りにされてしまう。しかし、幼馴染・アリアナの窮地を前にして、全属性の魔法を使えるという秘められた力が覚醒! アリアナとともにダンジョンを脱出したタイラーは、妹の病を治す薬草が超上級ダンジョンにあるという情報を得る。すぐにアリアナとともにパーティを結成しなおすと、冒険者として新たな目標に向かって再出発するのだった――
●定価:1320円(10%税込)
●ISBN 978-4-434-29265-1
●Illustration:たば

Moto jashin tte honto desuka!?
元邪神って本当ですか!?
万能ギルド職員の業務日誌
1・2
元神様な少年の
自重知らずな辺境暮らし!
shinan
紫南
辺境の冒険者ギルドで職員として働く少年、コウヤ。彼の前世は病弱な日本人。そして前々世は――かつて人々に倒された邪神だった!邪神の過去があっても、コウヤ本人は天然で心優しい。今世ではまだ神に戻れていないものの、力は健在で、発想も常識破りで超合理的。冒険者からの支持も厚い。その結果、劣悪と名高い辺境ギルドを二年で立て直し、トップギルドに押し上げてしまった! 唯一の悩みは上司が横暴なことだったのだが、なんと伝説の冒険者が、新たなギルドマスターになり、コウヤの改革はさらに躍進する……!? ペーパーナイフ1本で凶暴キメラを倒したり、知らぬ間に加護を与えちゃったり……自重知らずの少年は、今日も元気にお仕事中!
●各定価:1320円(10%税込) ●Illustration:riritto

無能と蔑まれし魔術師、ホワイトパーティで最強を目指す

Muno to sagesumareshi majutsushi white party de saikyo wo mezasu

著 詩葉豊庸 Kotoha Toyonori

パワハラ幼馴染率いる 闇深(ブラック)パーティから 優良(ホワイト)パーティに移籍して

人生大逆転!?

「お前とは今日限りで絶縁だ!」

幼馴染のリナが率いるパーティで、冒険者として活動していた青年、マルク。リナの横暴な言動に耐えかねた彼は、ある日、パーティを脱退した。そんなマルクは、自分を追うようにパーティを抜けた親友のカイザーとともに、とある有力パーティにスカウトされる。そしてなんと、そのパーティのリーダーであるエリーが、実はマルクのもう一人の幼馴染だったことが発覚する。新パーティに加入したマルクは、魔法の才能を開花させつつ、冒険者として新しい一歩を踏み出す——!

◉定価:本体1320円(10%税込)　◉ISBN:978-4-434-29116-6　◉illustration:十風

この作品に対する皆様のご意見・ご感想をお待ちしております。

おハガキ・お手紙は以下の宛先にお送りください。

【宛先】

〒150-6008東京都渋谷区恵比寿4-20-3恵比寿ガーデンプレイスタワー8F
(株)アルファポリス　書籍感想係

メールフォームでのご意見・ご感想は右のＱＲコードから、
あるいは以下のワードで検索をかけてください。

ご感想はこちらから

アルファポリス　書籍の感想

本書はWebサイト「アルファポリス」(https://www.alphapolis.co.jp/) に投稿されたものを、改題、改稿、加筆のうえ書籍化したものです。

異世界召喚されました……断る！2

K1-M　著

2021年9月5日初版発行

編集ー宮本剛・芦田尚
編集長ー太田鉄平
発行者ー梶本雄介
発行所ー株式会社アルファポリス
〒150-6008東京都渋谷区恵比寿4-20-3恵比寿ガーデンプレイスタワー8F
TEL 03-6277-1601（営業）03-6277-1602（編集）
URL https://www.alphapolis.co.jp/
発売元ー株式会社星雲社（共同出版社・流通責任出版社）
〒112-0005東京都文京区水道1-3-30
TEL 03-3868-3275
イラストーふらすこ
URL https://www.pixiv.net/users/848557
デザインーAFTERGLOW
印刷ー図書印刷株式会社

価格はカバーに表示されてあります。

落丁乱丁の場合はアルファポリスまでご連絡ください。

送料は小社負担でお取り替えします。


ISBN978-4-434-29270-5 C0093